LA BALADA DEL SENTIDO DE LA VIDA

Andrés Moscoso

ÍNDICE

Ahora George, con su acostumbrada falta de tacto, dice que el suicidio de Mark no le sorprendió en absoluto.

-Tipos como Mark o Kurt Cobain no tienen el estómago para aguantar este mundo de mierda –sentenció.

Cité a George en un McDonald´s para encontrarnos y tomar un taxi que nos llevase al cementerio. Antes de ponernos en marcha, pedimos café para conversar un rato. No obstante, sentados uno frente al otro, apenas nos mirábamos en silencio. Ambos sabíamos que algo andaba mal con Mark, pero ignoramos las señales, en esa manía que tenemos de pensar sólo en nosotros mismos.

Por ejemplo, aquella vez que Mark se lanzó en su auto por un barranco. El auto quedó destrozado pero él salió sin un rasguño. Cuando le preguntamos por lo sucedido, dijo que se había quedado sin frenos. Y yo fui tan estúpido que ni siquiera me pregunté si aquella historia era real o inventada.

O las letras de sus canciones.

En fin.

El todo es que para romper el hielo, George soltó su frase lapidaria, comparando a Mark con Kurt Cobain.

-No tienes remedio –le dije.

Terminamos el café y salimos al parqueadero. George me ofreció un cigarro y encendió otro para él.

-¿Y Tanya, estará? –preguntó.

-Sí, fue ella quien arregló todo –le respondí.

-¿Sabes algo, Andrew?, no es por echar cizaña pero creo que ella tuvo algo que ver.

-No digas estupideces, George.

Lo cierto fue que yo también había pensado de esa manera. Pero era difícil saber cómo habían ocurrido las cosas y por qué. Mark levantó un muro entre él y nosotros así que todo lo que pensáramos era pura especulación.

-¿Sabes por qué lo hizo? –insistió George.

-No, la verdad no lo sé. Después de lo del estudio no contestó mis llamadas. Nunca respondió ninguno de mis mensajes.

-Bueno, tal vez Tanya te pueda decir algo al respecto –afirmó George, sardónicamente.

Cuando acabó su cigarro, tomamos un taxi en la calle.

El conductor pisó el acelerador y nos encaminamos con rumbo al cementerio. Me quedé mirando por la ventana a los transeúntes que caminaban por los andenes a esa hora. El radio del taxi escupió una canción de los White Stripes.

Luego de un rato de silencio, George me preguntó:

-¿Y qué estás haciendo ahora?

-Nada en realidad –le respondí-, gastándome el dinero que me queda.

-Deberíamos buscar un nuevo vocalista y reunir la banda.

-No seas tonto, George, jamás nadie podrá cantar las canciones que Mark escribió.

-Okay, tal vez no es el momento, pero al menos déjame hablar con Michael. Él me ha conseguido algunos trabajos, quizás pueda hacer lo mismo por ti.

-Gracias, tal vez luego, creo que necesito un tiempo para asimilarlo todo.

Mark le había dejado instrucciones muy precisas. Nada de velorios o exequias. Tampoco quería que lo cremaran. Deseaba ir derecho de la morgue al cementerio, y que su cuerpo se lo comieran los gusanos, como a cualquier otro animal de la naturaleza.

Esto me dijo Tanya, del otro lado del teléfono, cuando me llamó para confirmarme los detalles.

Siempre había sido así de áspero y sombrío. Desde pequeño.

-Precisamente eso era lo que amaba de él, Andrew —dijo ella-. Era una persona real, ¿sabes? Era auténtico, no como la mayoría de la gente.

-Sí, es cierto, no había nadie como él.

Luego se hizo un silencio incómodo. Escuchaba la respiración de Tanya al otro lado de la línea, suave y pausada.

-Oye —le dije-, me gustaría entender por qué lo hizo. Sé que Mark era inestable, pero pensé que estaba mejor…

Ella se quedó callada por unos segundos. Finalmente respondió.

-Andrew, todo a su debido tiempo. Ahora no es el mejor momento para eso. Por ahora necesito concentrarme en resolverlo todo.

-Está bien, entiendo —le dije.

Sólo unas cuantas personas asistieron al entierro. No sé por qué pero esperaba ver una multitud de fanáticos. Para mí Mark era un verdadero artista, sólo que el mundo no lo había notado aún.

En la práctica, no obstante, fuimos más una banda *indie,* reconocida apenas en pequeños círculos *underground.* Algunas de nuestras canciones sonaron en emisoras de rock. "Los Zapatos del Viento" fue nuestro único sencillo que llegó a los listados de emisoras comerciales, pero creo que nunca alcanzó los diez primeros lugares. "Tiene un sonido muy denso y oscuro", decían los DJ´s que la escuchaban.

Sin embargo, un pequeño grupo de gente afirmaba que Mark era un poeta, algo así como el sucesor de Jim Morrison. El problema era que sus melodías tenían una complejidad que no encajaba en los estereotipos de la música comercial. De todas formas, a él poco le interesaba ese tipo de éxito.

Un periodista de *Rolling Stones Magazine* se acercó a saludarme.

-Lo lamento mucho –dijo-. El Rock se está muriendo.

-Ya está muerto –corrigió George.

Entonces imaginé que el rock también había saltado del techo de un edificio.

Tanya me pidió que dijese unas palabras. Pero tenía un extraño nudo en la garganta y lo único que pude decir fue que Mark estaba agradecido con todos por acompañarlo ese día. Luego me sentí como un estúpido por pronunciar esas absurdas palabras y me retiré para fumar un cigarro.

Así que no vi cuando bajaron el cofre y lo cubrieron con paladas de tierra.

Me senté en una banca. Los cementerios tienen una atmósfera extraña, como si realmente el viento tuviera zapatos, y caminara como un espíritu alrededor de nosotros.

Al cabo de un rato Tanya se acercó a mí. Yo estaba sentado en una banca admirando el cielo tornasolado que los altos pinos interrumpían con sus puntas afiladas.

-¿Cómo estás, Andrew?

-Hola Tanya. Estoy bien.

Se sentó a mi lado y miró hacia el frente.

-Este lugar es hermoso, ¿no lo crees? Si no viniera tanta gente a perturbar la paz de los muertos, me quedaría aquí por siempre.

-Tal vez algún día –le dije.

-Sí, tal vez algún día... –me respondió.

Luego sacó un papel de su gabardina negra y lo puso en mis manos.

-Te dejó esto.

Querido Andrew:

Lamento mucho no haber hablado contigo este último tiempo.

Ciertamente, todo lo que tenía que decirte en vida ya estaba dicho.

Sé que tal vez necesitas respuestas.

Pero no sabría cómo explicarte.

Tampoco deseo hacerlo. Ya sabes que no me importa lo que piensen las demás personas. Aunque una de esas personas sea mi hermano.

Sólo quiero que sepas que te amo y que la decisión de marcharme obedeció a un llamado. Sencillamente mi tiempo en este mundo terminó, Andrew.

Finalmente encontré las respuestas que estaba buscando. Así que todo llegó a su fin. Sin drama, sin dolor. Al fin encontré la paz y no quiero arruinarlo.

Ahora debo continuar mi camino.

Tengo un último deseo: cuida de Tanya y de Annie.

¿Cuento contigo para acompañarlas el resto de su viaje?

Con amor.

Mark.

Era tan sólo un año mayor que yo. Llegó a casa una tarde de marzo.

Tenía once años cuando lo vi por primera vez. Lo que más me impresionó de él fue su estatura. Eso y sus extraños ojos de un color negro muy profundo.

Mis padres lo acomodaron en la habitación contigua a la mía. Casi no pronunciaba palabra. Comía y volvía a encerrarse en su alcoba. Apenas daba las gracias y volvía a refugiarse en su soledad. Cuando intentaba hablar con él, respondía con monosílabos.

Papá me decía que debía esperar a que él saliera de su caparazón, como lo hacen las tortugas. Llevaba demasiado tiempo trasegando de un hogar a otro y eso era algo difícil de procesar.

Pasó casi tres meses en su extraño encierro, hasta una madrugada en que nos despertó a todos con vertiginosos acordes en el piano. Papá y mamá se acercaron a él mientras deslizaba sus dedos magistralmente por las teclas, tocando una sonata de Chopin.

Supe después que tenía una forma leve de autismo y que mis padres lo habían adoptado porque nadie más había querido hacerlo.

Circularon unas fotos del cuerpo de Mark, destrozado sobre el pavimento. ¿Cómo se habían filtrado? No lo sabía. Pero yo estaba furioso, así que fui al apartamento de Tanya para hablar con ella y preguntarle quién pudo tomarla.

Me senté en el sofá y ella me ofreció un trago. Estaba demacrada, como si el tiempo la hubiera atravesado de repente.

Sirvió dos vasos de ginebra y se quedó de pie, mirando por la ventana.

-Tuvieron que ser los policías –le dije.

-Eso no importa, Andrew. A Mark no le importa en absoluto.

-¿Cómo dices eso, Tanya? Mark está muerto. Claro que no le importa.

-Yo sé perfectamente de qué se trata, no soy idiota.

Sobre un estante reposaba un portarretratos con la foto en blanco y negro de Mark, absorto con su guitarra. Aquella foto era la que solían publicar las revistas y blogs cuando reseñaban nuestra banda.

Y también cientos de discos de acetato y un tornamesa, los instrumentos desperdigados por la sala y en una esquina la consola con la que grababa las maquetas de sus nuevas composiciones.

-No te pongas así, Tanya, no quise decir eso.

-Sé que no quisiste decir eso, Andrew, pero lo dijiste.

Tanya era una mujer de temperamento áspero. Nunca supe donde se conocieron, simplemente apareció un día con ella y desde entonces no se separaron nunca. Nos acompañaba a las giras, a las grabaciones y a todo lado.

Antes de conocerla, Mark era un tipo muy violento. Respondía con los puños a la menor provocación. Y vaya que era bueno para eso. Parte de nuestra reputación como banda provino de las peleas que tuvimos en nuestras presentaciones. Sólo hacía falta que alguien silbara un poco para desatar su ira. Entonces tiraba su guitarra al suelo y se lanzaba como un loco de la tarima.

Podía enfrentarse a diez hombres él sólo. Parecía un endemoniado. Pocas veces fue necesario que George y yo interviniéramos. Generalmente, cuando iniciaba un pleito, teníamos que sostenerlo para evitar que matara a golpes a sus adversarios.

Por eso, fue muy extraño para todos ver la manera dulce con que respondía a las críticas que Tanya le hacía.

Ella sirvió otro vaso de Ginebra y pareció calmarse.

-Andrew, déjalo, por favor. Mark necesita estar en paz.

¿Estar en paz? Me causaba irritación esa basura mística de la que Tanya solía hablar. Siempre me pareció desproporcionado ese pensamiento según el cual los actos de los vivos repercuten en una realidad paralela, llámese cielo o infierno. Mantuve mi boca cerrada, de cualquier manera.

-Está bien, Tanya. Pero deberíamos partirle la cara al idiota que publicó las fotos, y lo sabes.

-Tarde o temprano esa persona recibirá su merecido, Andrew, que no te quepa duda.

Terminamos de bebernos la botella. Tanya mezclaba su ginebra con tónica y hielo. Yo lo tomaba puro. A cada sorbo sentía que el alcohol quemaba el dolor que tenía aferrado a mi pecho como una sanguijuela.

Escuchamos algunos borradores de nuevos temas que Mark estaba componiendo. Me quedé sorprendido. Nos había acostumbrado a letras alegóricas y armonías complejas. No esperaba tal simplicidad. Sin embargo, intuí una belleza y una profundidad poco usuales, que me evocaron lejanamente a Bob Dylan.

Guardé silencio por un rato. Una canción quedó grabada en mi cabeza. La maqueta apenas tenía la guitarra y su voz:

Mi corazón en tinieblas
Se diluye
Como el mar en la noche

Mi cuerpo en el suyo
Señora oscura
Y la ciudad, abandonada
Como un país de muertos
Se queda en silencio
Mientras ella y yo
Deambulamos
Sobre aceras lustrosas
Con zapatos de viento
Invisible mujer
Con su mano descarnada
Me lleva hacia el abismo
La última estación
Del subterráneo tren
Donde me espera
En gélido mutismo
La nada

Me pareció una canción particular, melancólica pero llena de lirismo. Le pedí a Tanya que me la compartiese.

Aceptó, con la condición de que no la publicase a menos que ella lo aprobara.

-La vida no tiene sentido –dijo Mark.

Estábamos en el tejado de la casa, mirando el ocaso. Para ese entonces, Mark había sufrido grandes cambios en su forma de ser. Al principio era simplemente un niño ensimismado en su música. Ahora que había llegado a la pubertad, descollaba en él una aguda inteligencia y a la vez una indómita rebeldía. Como si en su alma convivieran la fiera y el sabio.

Para mis padres era difícil controlarlo. Sufría de constantes ataques de ira, de los cuales cualquier objeto era su víctima. Yo no entendía qué provocaba aquellas explosiones. Las observaba impávido. De cualquier forma, Mark nunca se ensañó conmigo. Al contrario, era una especie de guardián. Aunque por mi forma de ser nunca tuve problemas con otros chicos, Mark no soportaba que me hiciesen ni siquiera una pequeña broma. Con mucha facilidad entraba en cólera con todo aquel que intentase meterse con nosotros. En varias ocasiones le rompió la nariz a algún chico por pasarse de listo. Como era un animal con sus puños, al final terminamos un poco aislados.

Así que pasábamos mucho tiempo a solas. Uno de nuestros rituales consistía en subir al techo y escuchar canciones en su iPod. Compartíamos los auriculares y mirábamos los autos pasar sobre la avenida, mientras el sol se sumergía en el horizonte, al otro lado del planeta.

¿Qué escuchábamos? Principalmente rock. Bandas antiguas o nuevas. No importaba. No sabía de donde Mark obtenía su música, pero siempre llegaba con algo y me decía "Hey Andrew, escucha esto". Y luego yo tenía que adivinar la banda.

En aquel tejado discutimos infinitas veces sobre cómo la industria musical iba cambiando con el paso de los años. Fue Mark quien advirtió primero lo que estaba ocurriendo:

-Está agonizando- dijo.

-¿Quién? ¿A qué te refieres?

-Al rock.

Mark vestía con jeans y camisetas de bandas que habían tenido su apogeo treinta años atrás: Led Zeppelin, Deep Purple, Pink Floyd, AD/DC. O algunas más recientes como Nirvana, Radiohead o Pearl Jam. Pero también de bandas desconocidas, o sencillamente dibujos que él mismo hacía sobre la tela negra.

También era un ávido lector. Cuando no escuchaba música devoraba libros y más libros. Y como había muchos en la casa, entonces pasaba horas encerrado en su habitación, leyendo.

La música y los libros eran las únicas dos cosas que lo motivaban a hablar. De vez en cuando aparecía en el umbral de mi habitación y me leía una línea de Whitman o Keats.

Creo que las lecturas y el rock fueron ensombreciendo su alma. Pero también creo que tal vez el haber sido abandonado y vivir sin hogar por tantos años, crearon esa niebla que habitaba en su espíritu.

Tal vez yo era un poco joven para entender la frase que él acababa de pronunciar. De modo que torpemente le respondí:

-Claro que tiene sentido, Mark. Si no, ¿para qué habríamos de vivir?

-Bien —respondió con voz melancólica-. Entonces dime para qué estamos vivos tú y yo.

Me quedé callado. Esa era una cuestión sobre la que nunca había reflexionado a mis doce años de edad, y no tenía una respuesta.

¿A qué se refería con que había recibido un llamado?

¿Cuáles eran las respuestas que encontró? ¿Respuestas a qué, en todo caso?

¿Qué era eso de que debía continuar su camino?

Y, lo que más me intrigaba, ¿quién era esa tal Annie que mencionó en la carta?

Tenía muchos deseos de hablar de todo ello con Tanya, pero este último punto me parecía delicado. Aunque Mark nunca fue mujeriego, había que contemplar la posibilidad de que existiese alguien más que Tanya en su vida.

Las respuestas irían llegando, así, como hojas que la brisa trae de repente.

Entre tanto, durante meses, estuve encerrado en mi apartamento, embriagándome de tortuosos recuerdos.

El mundo, en cambio, ya había olvidado a Mark. De él quedaban algunas pertenencias en casa de Tanya. Y, por supuesto, esa extraña forma de eternidad en que se han convertido las redes sociales e Internet.

Así que pasaba horas ahogándome en la botella, y buscando información de Mark en la red, como un detective. Cada vez que encontraba un comentario impreciso o tendencioso en un blog, escribía en el foro una diatriba apologética para reivindicar a mi hermano. Pocas, muy pocas veces alguien se tomaba la molestia de responder. Si acaso algún internauta afirmaba con maledicencia que nuestra banda era basura y Mark un drogadicto sin valor.

Aunque fuese una tarea titánica y sin sentido, prácticamente era todo lo que hacía desde que abría los ojos hasta que me quedaba dormido, en la madrugada. Eso y el alcohol.

Internet es la eternización de la mentira y la infamia, fue otra cosa que dijo Mark hace muchos años ya. Pero no podía evitar ir allí a luchar por el honor de mi hermano fallecido. Aunque no importara ni sirviera para nada.

Resultó que había tanto allí (prácticamente todo falso y superficial) que simplemente todas aquellas imágenes y palabras eran como casas abandonadas a las que nadie ya voltea a mirar.

Creo que en eso se equivocaba Mark, pues nada es para siempre y toda aquella verborrea fútil también desaparecerá en el abismo sin fondo de la eternidad.

Con la muerte de Mark me había quedado sin familia. Nuestros padres fallecieron unos años atrás, en un accidente automovilístico. Cuando ocurrió, yo estaba en el último año del colegio y Mark acababa de ingresar a la facultad de música.

Aunque ya éramos grandes y sabíamos lo que era la muerte, no estábamos preparados para la fatalidad. Nunca nadie lo está.

Mark se volvió más introspectivo y callado que nunca, pero demostró habilidades y determinación para manejar a los adultos que quisieron aprovecharse de nuestra nueva condición de huérfanos. Lidió eficazmente con abogados, contadores y trámites.

Resultó que nuestros padres habían asegurado nuestro futuro con una póliza y propiedades. Mark, que ya era mayor de edad, tuvo que enfrentar a parientes lejanos que quisieron pedir mi custodia para hacerse con una tajada de la herencia, con los tipos del seguro que intentaron dilatar el pago, con los funcionarios de la inmobiliaria que dejaron de pagar los arriendos.

El dinero revela lo peor de la condición humana, decía Mark, y en eso no se equivocaba.

Al final nos fuimos a vivir solos a un apartamento de dos alcobas que nos habían dejado nuestros padres, y arrendamos la casa.

Vivíamos cómodamente. Ese año Mark me preguntó qué quería hacer con mi vida, y le dije que no lo sabía.

-Está bien, todo destino tiene su propio tiempo, hermanito –me dijo.

Para ese entonces Mark ya había conformado una banda y yo, que no tenía nada que hacer en las tardes, lo acompañaba como un *groupie* a sus ensayos.

Fue así como empecé a interesarme en la música. Cuando hacían una pausa para fumar, yo me sentaba en la batería o tomaba el bajo, e improvisaba algunos sonidos de canciones populares. Nunca me atreví a tocar el piano o la guitarra, terrenos que pertenecían a Mark y que yo respetaba profundamente, además de considerarme un inepto en comparación suya.

Poco a poco fui mejorando mi interpretación, especialmente del bajo. También aprendí a manejar la consola y ecualizar los instrumentos y micrófonos en las presentaciones. De esta forma me convertí también en el sonidista y logístico del grupo, además del *back-up* cuando alguno de los chicos no podía tocar.

Mark terminó abandonando la universidad. Dijo que el pensum lo sofocaba. No quería pasar sus días estudiando sobre historia de la música barroca y cosas así. Planeaba dedicar su tiempo a componer. Creo que una idea ya estaba sembrada en su cabeza, así que pasaba horas tomando notas y grabando retazos de melodías, como alguien que diseña un rompecabezas empezando por las piezas.

Creo que fue en esa época que además de hierba empezó a consumir otras cosas para expandir su mente. Yo me acostaba a dormir en mi alcoba, mientras me arrullaban las melodías que Mark ensamblaba como un prestidigitador. Luego, si me levantaba con sed en la madrugada, lo encontraba tirado en el suelo, diluido en un éxtasis ignoto.

Tal vez por temor no me atreví a preguntarle qué era lo que consumía, y él nunca me ofreció. Acaso pensaba que yo no era lo suficientemente fuerte para manejarlo. Alguna vez le oí decir que las drogas enviaban al infierno a los espíritus débiles y oscuros, pero al cielo a los iluminados.

Dos años después, aproximadamente, Tanya apareció en la puerta de mi apartamento.

Al verla, me quedé pasmado.

Ella siguió y se instaló en la silla de cuero que Mark utilizaba para tocar su guitarra folk.

-Qué sorpresa –le dije-. Pensé que nunca te volvería a ver.

-Yo en cambio estaba segura de que te vería de nuevo.

-¿A qué te refieres?

-Mark me pidió que cuidáramos de ti.

-¿Cuidáramos?

-Sí, Annie y yo –dijo señalando con su dedo índice hacia su vientre.

-Ya veo. ¿Cuánto tienes ya?

-Seis meses.

-No sabía que andabas con alguien.

-No ando con nadie, Andrew, ten cuidado con lo que dices.

-Tanya, hace dos años que Mark partió. ¿Me estás diciendo que tienes seis meses de embarazo de un muerto?

-Eso mismo te estoy diciendo.

Solté una risa irónica, pero Tanya se quedó completamente seria.

-Sabes que no hay nadie más que Mark.

Una idea cruzó por mi mente. Le pedí a ella que se pusiera cómoda y que me esperara por un momento. Fui hasta mi habitación y saqué del closet la caja de zapatos con las cartas. Mark solía escribirme notas a mano, para darme ánimo o felicitarme por mi buen desempeño en algún concierto.

Abrí aquella última misiva, la que Tanya me entregó el día del funeral, y comparé la letra con otras cartas que Mark me había entregado. La letra era la misma, igual de trémula y liviana. Pero cabía pensar que tal vez ella la había falsificado.

Regresé a la sala con la carta en la mano.

-¿Cómo hiciste, Tanya? ¿Por qué haces esto?

-La carta es real, Andrew. Es la voluntad de Mark. A mí también me sorprendió que nos pidiera estar contigo. Annie y yo debemos acompañarte en esta parte del camino.

Me quedé pensando que tal vez también le había escrito a Tanya una carta similar.

-No me culpes por no creer en esto que me estás diciendo. Es simplemente absurdo.

-Puedes creer lo que quieras. Pero ahora debemos estar juntos. Tu sobrina, tú y yo.

La primera vez que entramos a un estudio de grabación, fue una completa pesadilla.

No habían pasado dos horas de sesión y ya había echado a todos, excepto a mí. "Lo están haciendo todo mal", gritaba, "no pueden tocar así, ¿es que acaso no tienen alma?".

De esta forma terminé haciendo parte de la banda.

-Tú ahora tocas el bajo —dijo, mirándome con ojos de fuego.

No me atreví a contradecirlo. Yo conocía todos los temas. Él me los había enseñado o los escuché mientras los compuso, no lo recuerdo. Igual no importa. Francamente no me gustaban. Todos tenían letras de protesta y vomitaban una rabia incontenible en sus notas.

El productor también renunció, luego de que Mark le lanzara una lata de cerveza. Cuando estuvo en el umbral, y justo antes de azotar la puerta tras de sí, le apuntó a Mark con el dedo y le dijo:

-¡El mundo sería un mejor lugar sin ti, hijo de puta!

Nos miramos por un segundo y soltamos una buena carcajada. De alguna forma había disfrutado cómo Mark había puesto en su sitio a aquel tipo arrogante. Por alguna razón los productores suelen creerse profetas musicales, y éste en particular se creía Jesús. Pero no pudo con Mark.

Así que nos quedamos apenas con el sonidista. Y aunque descansé de aquella constante guerra, me quedé preocupado.

-No podemos hacer el disco sin una banda, Mark.

-Tú no puedes, Andrew, pero yo sí. Así que si tienes dudas, lárgate de una vez —me respondió, desafiante.

Al final Mark terminó tocando las guitarras, el bajo, los teclados y haciendo las voces. Las pocas veces que intenté grabar el bajo, él encontraba algún problema con el compás, algo casi imperceptible para el oído humano pero que el software también lograba detectar.

Dormimos allí, en aquel estudio improvisado, por casi tres meses. Cada uno de los doce temas se versionó de diferentes maneras, cambiando el ritmo o los arreglos. Fue espeluznante y agotador. Pensé que el perfeccionismo de Mark, que sólo cesaba cuando hacía una pausa para consumir, nos iba a matar al final del día. Yo me encargaba de ordenar pizza y comida china, y preparar el café, mucho café, que mezclábamos con Whisky para poder seguir adelante hasta la medianoche.

Entonces el sonidista y yo caíamos aniquilados en las colchonetas, mientras que Mark, frenético, seguía repitiendo una y otra vez un solo.

Por lo general, el primer instrumento que se graba es la percusión, para marcar el compás de las canciones, pero eso no fue lo que ocurrió. Los temas estuvieron listos sin batería. Mark la hubiera grabado él mismo de haber podido. De hecho lo intentó, pero el resultado no le satisfizo.

Entonces me dijo que quería descansar, y que me encomendaba la responsabilidad de hallar un baterista "adecuado" para la nueva banda.

-No quiero un virtuoso, Andrew, tráeme un natural.

Y así, habiendo dicho eso, se echó en su colchoneta, y durmió sin pausa por tres días.

Cuando despertó, George estaba ahí.

Ciertamente, sospechaba de todo lo que me decía Tanya. Pero no fui capaz de echarla. Era una mujer embarazada. La única mujer que mi hermano amó.

Ella, por otro lado, no necesitaba de mí. Mark le había dejado suficiente dinero para vivir.

A veces un hombre simplemente debe hacer un acto de fe y saltar al vacío. De modo que fuimos hasta su casa a recoger sus pertenencias.

Ver de nuevo aquel lugar que habitó mi hermano echó sal en las heridas de mi alma.

Abrió la puerta una mujer mayor. Al verla, me quedé inmóvil, desconcertado, con la sensación de que ya había vivido ese instante. Su rostro me resultó vagamente familiar. Pero no pude encontrar nada en los archivos de mi memoria.

La mujer se dio media vuelta y se perdió en la luz mortecina que entraba del patio, al fondo de la casa.

-¿Quién es ella? —pregunté a Tanya.

-Es la persona a la Mark le dejó la casa. Te explicaré a su debido tiempo.

Y como ella era misteriosa y obstinada, no tenía sentido que insistiese en saber. Me quedé en el umbral, contemplando el interior.

Tanya empacó rápidamente sus cosas en dos maletas. Las llevé hasta el baúl del auto y regresé a la entrada. Entonces me entregó una caja pequeña.

-Esto es para ti, son recuerdos de Mark. Puedes quedártelo.

Y así, sin más, Tanyia, Annie y yo fuimos a vivir juntos.

Tomamos el metro a eso de las 3 p.m. A esa hora había poca gente. Un borracho que dormía con su cabeza contra la ventana y un afroamericano que tarareaba una tonada con aires de *Soul* eran los únicos pasajeros en nuestro vagón.

Fuimos avanzando por las estaciones hasta llegar a la última, a las afueras de la ciudad, en los barrios marginales.

-¿Estás seguro de que quieres hacer esto?

-Claro —respondió Mark.

Al salir de la estación sentí el golpe de la atmósfera cargada de smog. Caminamos. Nos adentramos en calles entreveradas, de paredes coloridas por los grafitis. A uno y otro lado de la acera deambulaban los indigentes, cada uno con su botella y su costal.

Al cabo de diez minutos, más o menos, llegamos a un edificio aparentemente abandonado. Era una construcción vieja, ubicada en una antigua zona industrial de fábricas derruidas. Aquel edificio de cinco pisos debió ser alguna vez un complejo de apartamentos destinado a los obreros de las fábricas, de las que ahora sólo quedaban los esqueletos oxidados.

Mark abrió la puerta del edificio de un empujón. Al interior había poca luz, pues las ventanas habían sido selladas con tablas de madera. Los rayos de sol se colaban por los intersticios y agujeros. Eran como agujas que atravesaban el pasillo. Los apartamentos sin puertas nos dejaban ver la sordidez en que vivían las personas allí. Gente drogada en el suelo, en medio de mugre y basura.

Subimos hasta el tercer piso. Unos pasos a la izquierda y estuvimos en el umbral de un departamento del que todavía se conservaba el número: 305. En vez de puerta, de la parte alta del marco colgaban tiras de plástico de colores. Entramos. Una mujer sentada en una silla desvencijada miraba por la ventana.

-Hola mamá —dijo Mark.

La mujer no se inmutó. Tenía la mirada perdida hacia la ventana por la que entraban los rayos del sol atravesando los tablones de madera a cuchilladas.

-Te traje algunas cosas. Enlatados. Jabón. Ropa.

Al fin ella volvió su mirada hacia nosotros y se abalanzó sobre las bolsas que Mark tenía en la mano. Abrió una caja de tostadas y empezó a comerlas con voracidad.

Esperamos a que dejara de comer. Ella tomó las bolsas y las ocultó debajo de una montaña de ropa en un rincón. Las paredes descascaradas dejaban ver el ladrillo rojo del que estaba hecho el edificio. Me puse a mirar las inscripciones que había en las paredes: poesías, grotescos dibujos sexuales, cartas y hasta una réplica del auto-retrato de Van Gogh.

-Mamá —traje unas fotos. Me gustaría que las vieras —le dijo Mark.

-¿Tienes dinero? —replicó ella.

-No, dinero no.

-Entonces ya vete.

-Es sólo un minuto, quiero mostrarte algunas fotos. Por favor.

-No quiero, no quiero… Si tienes dinero tal vez las vea.

Tomé el hombro de Mark.

-No tiene sentido —le dije-. Estamos perdiendo el tiempo.

-No —dijo él-. Ella tiene que decirme.

Entonces sacó una de las fotos y la puso frente a ella.

-¿Es él?

La mujer lo empujó violentamente.

-¡Lárguense! ¡Déjenme en paz!

Dos hombres andrajosos llegaron, atraídos por los gritos.

-Ustedes váyanse ahora-, les ordenó Mark.

-Es mejor que nos vayamos nosotros –le dije.

Uno de los hombres entró en la habitación y como un perro empezó a olfatear hasta encontrar la bolsa con la comida.

-¡Oiga, deje eso! –le gritó Mark.

El hombre no le hizo caso y Mark le dio una fuerte patada en el costado. El otro se lanzó sobre nosotros y Mark lo noqueó de un puñetazo en el mentón. El que estaba en el suelo sobre la pila de ropa empezó a gritar. Entonces agarré Mark de un brazo y lo saqué de aquella habitación. Tuve que emplear toda mi fuerza para lograrlo.

-Nos van a matar aquí, Mark, mejor regresamos otro día.

Él se quedó por un segundo. La mujer había regresado a su silla, con sus ojos perdidos en la ventana. Ahora se escuchaban gritos en otros lugares del edificio, como los ladridos de los perros que se contestan unos a otros en la madrugada.

Salimos rápidamente y echamos a andar.

-Creo que nunca voy a saber quién fue mi padre –dijo Mark.

-¿Por qué lo hizo, Tanya, por qué se quitó la vida?

-Lo sabrás a su tiempo.

-¿Cuándo?

-No lo sé. Él mismo te lo dirá algún día.

No soportaba los lacónicos enigmas de Tanya. Las preguntas torturaban mi alma, no me dejaban en paz. Y ella, indiferente y enigmática, se comportaba como si no viera mi dolor, como si le pareciera trivial.

Creo que hay preguntas fundamentales en la vida de cada uno, sobre hechos cuyo significado es decisivo, casi como si toda nuestra existencia se definiera a partir del entendimiento de un momento en particular.

Para mí la muerte de Mark fue ese momento. Pero la verdad sobre las razones que lo motivaron a dejar este mundo me era vedada.

Gente como George veía en Mark un alma torturada por el abandono en la niñez. Tal vez ese fue un gran peso que él cargó sobre sus hombros toda su vida.

Alguna vez mi padre me dijo que el autismo de Mark era una forma de esconder una verdad terrible, un dolor que él mismo había enterrado en lo profundo de su ser. Quién sabe qué horribles experiencias había vivido antes de llegar a nuestra casa.

Otros, los más insidiosos, pensaban que todo se trataba de un simple abuso de sustancias.

Aunque es verdad que entró y salió de rehabilitación algunas veces, tengo la certeza de que las drogas fueron una etapa en su vida, una forma de evadirse y también de explorar nuevos planos de realidad, en busca de una verdad accesible sólo para él.

Pero cada vez que quiso dejar de lado las drogas lo hizo con mucha facilidad. Y los últimos años, aquellos que compartió con Tanya, estuvo totalmente sobrio.

Por eso todas aquellas teorías no terminaban de encajar.

Pensé que en las letras de aquellas nuevas canciones, y en la carta que me había dejado, tal vez, encontraría las respuestas que estaba buscando.

-Mark pensaba que eres demasiado frágil, Andrew. Creía que tus padres te sobreprotegieron demasiado y que no tienes suficiente fuerza. Creo que deberías dejar de pensar en él y hacerte preguntas sobre ti mismo.

¿Tal vez, sólo tal vez, podría existir la posibilidad de que estuviese entendiendo todo mal? Quizás Tanya tenía razón y en la muerte de Mark no hubo ninguna tragedia. Tal vez la verdadera tragedia estaba en llevar una vida descarriada y sin sentido. Tal vez mi obsesión por estas cosas era una forma de ocultar lo perdido que yo mismo me encontraba.

Tal vez quien estaba mal realmente era yo. Estaba cayendo, y en la caída, me aferré a la muerte de mi hermano para explicar todo ese vacío sin razón que sentía en mi interior.

No lo sé.

La vida a veces te arroja interrogantes que no simplemente no puedes responder.

¿Quería Mark decir eso cuando afirmada que la vida no tiene sentido?

"Lo sabrás a su tiempo", pensé.

Cierra los ojos, niño, vuela
Con tus blancas alas, sobre el viento
En el cielo no hay fusiles
Así que no tengas miedo

Tu corazón ya está roto
Mas no llores por ello
En el cielo no hay hambrunas
Tampoco el terrible invierno

Cómo duele, ese clavo en tu alma
El odio, el olvido, el desierto
Como si a nadie le importara
En esta ciudad de espectros

Y tú, invisible y solitario
¿Acaso importa aquello?
En el cielo no hay dolor
Allí los muertos son pan viejo

Hay un lugar, lejano, el firmamento
Donde nadie es extranjero
Donde el amor no es desterrado
De su etéreo y fértil suelo

Así que salta, chico, camina sobre el aire
Con los zapatos del viento
Con los zapatos del viento
Con los zapatos del viento

SEGUNDA PARTE

LA NIÑA CON ALAS DE MARIPOSA

Annie vio la luz una fría madrugada de sábado. La vi por primera vez, tan frágil y pequeña, en los brazos de su madre, mientras yo dejaba las flores en la mesa de noche.

Aunque ojerosa y con el pelo un poco desordenado, Tanya se veía radiante. Sonreía mientras arrullaba a la pequeña Annie, y le susurraba dulces palabras.

-Ojalá Mark estuviera aquí para verla –dije.

-Donde quiera que esté, él la puede ver –respondió Tanya-. ¿Quieres sostenerla?

Entonces la alcé delicadamente, sosteniendo su cabeza con mi mano izquierda.

-Es hermosa. Se parece a ti –le dije a Tanya.

-Creo que tiene los ojos de tu hermano.

Miré a Annie a los ojos y pensé que no me importaba si Tanya estaba loca o tan sólo le daba vergüenza decirme quién era el padre. Era la cosa más sublime que había visto en mi vida, más que el silencio en las noches del desierto.

Al rato una enfermera entró en la habitación y me preguntó si era el padre, yo sonreí y le dije que a partir de ahora lo sería. Entonces me trajo una manta y una almohada para que pernoctase en el sillón. Tanya y la bebé se durmieron, y yo, recostado a su lado, seguí pensando en mi hermano, en lo feliz que estaría de tener aquella chiquilla en sus brazos.

Finalmente el cansancio se apoderó de mí, y mis ojos se fueron cerrando, mientras me arrullaban los lejanos sonidos de la calle al otro lado de la ventana del hospital.

Esa noche soñé con Mark. Estábamos sentados en una pequeña embarcación, navegando sobre aguas serenas y oscuras, mientras la luna resplandecía, enorme, en el horizonte. Avanzábamos en silencio, remando suavemente. Yo sentía una extraña paz. Un sentimiento de sosiego que jamás había experimentado. De pronto Mark se puso en pie y me miró de manera indulgente, como si sus ojos emitieran un mensaje. Luego bajó de la embarcación y caminó sobre las aguas. Yo estiraba mi brazo para alcanzarlo, pero él se alejaba cada vez más. Mi garganta no podía emitir sonido alguno. Entendí que era inútil llamarlo, porque en aquel lugar no existían las palabras. Lo seguí con la mirada hasta que se convirtió en un punto que se perdía entre los rayos de la luna. Por un segundo sentí algo semejante a la tristeza, y cerré los ojos. Al abrirlos, un niño me miraba desde el lugar en el que Mark había estado unos momentos antes.

Hubo una época desenfrenada en que todos en la banda nos sumergimos en una orgía de drogas, alcohol y sexo. Todas las noches tocábamos en algún bar de mala muerte, y luego terminábamos en una fiesta o llevando chicas al hotel.

Yo me sentía incómodo cuando ocurría, porque en el fondo siempre quise tener una relación seria. No lo sé, vivir una suerte de idilio. Esto no evitó que me acostara con varias de las *groupies* que nos seguían, de las cuales no recuerdo ni sus nombres ni sus rostros.

Casi todas, sin embargo, merodeaban a Mark. Él era el imán que las atraía. Sólo tenía que recostarse en una esquina con su guitarra y un cigarro en la boca, y ellas se sentaban a su alrededor a escucharlo como si fuese una especie de profeta. De pronto se ponía en pie y se llevaba a tres o cuatro de ellas a su habitación. Al final siempre quedaban otras, tan ebrias que no les importaba irse con George, Michael o conmigo. Y al día siguiente nos levantábamos con una terrible resaca, guardábamos los instrumentos en la van y nos largábamos a la siguiente ciudad.

Se podría decir que la única relación seria que tuvo Mark en su vida fue con Tanya.

Yo, por otro lado, además de algunos encuentros casuales, nunca compartí mucho con nadie. Creo que las chicas no veían nada interesante en mí, más allá de ser el bajista de una banda fracasada.

Por eso siempre me sentía solo. Después de la muerte de mis padres la única persona con quien podía contar, la única relación significativa en mi vida, era la que tenía con mi hermano Mark.

Así que cuando él decidió alejarse me sentí desolado, abandonado, a la deriva.

La muerte de Mark, no obstante, me dejó como herencia la compañía de Tanya y Annie. Y por primera vez desde hacía mucho tiempo, me sentí realmente feliz.

Annie fue creciendo como lo hacen todos los niños, de a poco, con sus pequeños pero importantes logros como sentarse, armar torres con cubos y cosas así.

La primera palabra que pronunció fue "lluvia". La dijo una tarde en que caía un torrencial aguacero y Tanya y yo mirábamos cómo las gotas se estrellaban contra la ventana.

Ahora que vivía con ellas, me había convertido en un tipo más organizado y limpio. Me bañaba todos los días, hacía el desayuno, desinfectaba los biberones y sacaba la basura. Cuando me sentía asfixiado, subía al auto y conducía hasta algún supermercado lejano y compraba víveres.

En las noches, si Annie despertaba llorando, entraba a su habitación y la arrullaba entre mis brazos, susurrándole alguna canción de Mark. Y cuando al fin se calmaba, la ponía junto al tibio cuerpo de Tanya.

Así transcurrían los días, con su monótona cadencia. Aprendí que la rutina es una suerte de anestesia que adormece los demonios de nuestra alma. Aprendí que la felicidad consiste en vivir en aquel estado de ensoñación, en el que nada en el mundo importa.

Pronto me acostumbré al desparpajo de Tanya, que sin ningún pudor amamantaba a Annie como si yo no estuviese allí, o salía de la ducha desnuda y me hablaba con toda naturalidad.

Seguía siendo una mujer hermosa. Aunque me sentía atraído hacia ella, y algunas emociones afloraban en mí, yo las bloqueaba de inmediato. Fijarme en la mujer de mi hermano me parecía un sacrilegio imperdonable.

Por eso, cuando se acercaba a mí, me quedaba rígido por un instante y luego me alejaba. Ella no parecía notar mis evasivas.

Era una de esas personas que transitan por la vida sin pensar en el futuro. Para Tanya era suficiente con levantarse y tomar el café en un sillón, con la bebé en su regazo, para luego quedarse allí todo el día, como si el presente fuese infinito.

Así transcurrieron tres años. Un día idéntico al anterior, como las gotas de agua que golpean en la ventana en una tarde lluviosa.

4

Cuando salí del estudio ya había anochecido. Caminé no sé por cuánto tiempo hasta el centro de la ciudad. En el camino hice algunas llamadas, pero nadie quería trabajar con Mark. Los músicos y el productor se habían encargado de esparcir como pólvora el rumor sobre el carácter explosivo y recalcitrante de mi hermano. Pensé que tendría que publicar un anuncio y rezar para que por arte de magia apareciese un chico prodigio, un talento por descubrir de entre las sombras.

Cuando llegué a la zona de los bares, la ciudad bullía de actividad. Entré al primer bar que encontré en mi camino, atraído por el sonido de Heavy Metal. Me acerqué a la barra y pedí un bourbon al cantinero. Estando allí sentado vi la presentación de una banda de cuarentones que claramente imitaban el sonido de Iron Maiden y Black Sabbath. Tipos de pelo largo, chaquetas de cuero y camisetas negras. Eran realmente malos. Luego subió una banda de punk rock, eran cuatro chicos con delineador en los ojos, que emulaban el sonido de Green Day. Y así pasaron otras tres bandas, todas sin una pizca de originalidad.

Entonces vino a mi mente aquella conversación con Mark en la que me dijo que las posibilidades del rock habían muerto con el siglo XX, que desde entonces nadie había descubierto un sonido, una estética y una narrativa nueva dentro del género, y que las fusiones con otros ritmos tipo Evanescence, Rage Against the Machines u otros eran intentos desesperados de revivir a un cadáver con canciones de cuna.

Eran las 2 a.m. y ya me sentía agotado. Pedí mi quinto bourbon y la cuenta. El bar ya empezaba a vaciarse, se escuchaban los rugidos de las motocicletas afuera y gritos de peleas callejeras. El cantinero me dijo que era la última banda y que pronto cerrarían.

Subieron sólo tres chicos al escenario. El vocalista anunció que tocarían algunos covers. Empezaron con Thunderstruck de AC/DC, para luego pasar por Won't Get Fooled Again de The Who. Luego interpretaron Jeremy de Pearl Jam. Y así, una selección excesivamente comercial para mi gusto, pero entretenida. Los chicos tenían una clara intención de divertirse. Su interpretación fue un poco torpe, pero honesta. Entonces una idea se iluminó en mi ebria cabeza y fue invitar estos chicos al estudio. El baterista, aunque lejos de ser un prodigio, tenía un *punch* poderoso y rítmico, aunque no muy preciso. Pensé: ¿qué tengo que perder? Igual Mark despedazaría al mismo John Bonham.

Terminaron su concierto con los Dire Straits o Deep Purple, tal vez, no lo recuerdo bien porque ya estaba alcoholizado. Me acerqué a ellos y les dije que quería contratarlos para grabar un disco. Los chicos se miraron y aceptaron de inmediato.

Tuve que esperarlos afuera del bar, mientras me congelaba y el alcohol en mis venas me lanzaba unos ganchos al hígado. Montaron todas sus cosas en una vieja camioneta Chevrolet de platón. El guitarrista se puso al volante y el vocalista se sentó en el medio. Me dejaron sentarme junto a la ventana. El baterista se acercó a mí.

-Viejo –me dijo-, ya que voy a tener que aguantar el frío allá atrás, al menos dame un cigarro.

Saqué mi caja de Marlboro y compartí con los chicos. Acto seguido encendí la llama de mi Zippo.

-Me llamo George, por cierto –dijo el baterista.

Luego acercó el tabaco al fuego y lo encendió de una bocanada, soltando una pequeña voluta de humo. Sonrió y de un salto se sentó en el borde del platón de la camioneta.

5

Marchábamos en el auto rumbo al colegio. Annie miraba por la ventana desde su silla para niños en la parte de atrás. Siempre curiosa, con sus ojos inquisidores, solía hacerme preguntas acerca de todo. De repente me dijo:

-¿Por qué ese señor está durmiendo en el suelo?

Miré a un costado y vi un indigente cubierto con hojas de papel periódico.

-Debe estar cansado –le respondí con ligereza.

-¿Pero por qué no duerme en su casa? –insistió ella. Era su costumbre seguir preguntando hasta obtener una respuesta satisfactoria.

-Bueno –le dije-, pues porque no tiene casa.

-¿Y por qué no tiene casa?

-Porque no tiene un trabajo, nena.

-Tú tampoco tienes un trabajo.

-Es diferente.

-¿Por qué es diferente?

Me di cuenta que no escaparía tan fácilmente de aquella situación y que las preguntas se prolongarían hasta el infinito si lo le respondía con seriedad.

-Mira, las personas como él eligen vivir de esa manera, toman decisiones equivocadas en su vida. La mayoría son adictos a las drogas y por ello no son capaces de trabajar. Entonces empiezan a portarse mal, a robar, a hacer lo que sea para comprar drogas, así que no pueden ni quieren hacer otra cosa, y por eso terminan viviendo en las calles.

-Pero son personas... ¿Y por qué no los dejan dormir en los edificios abandonados?

-Porque allí van a hacer cosas malas, y los dueños de los edificios prefieren tenerlos vacíos a que esas personas se porten mal allí, y después no puedan sacarlos.

-¿Entonces nadie les quiere ayudar?

-Claro, pero primero deben ayudarse a sí mismos, ¿me entiendes? Así les des alojamiento, ellos no se van a portar bien. Entonces no tiene sentido ayudarles.

-Hablas como una mala persona —dijo Annie, y se quedó en silencio, ofuscada. Yo también me quedé callado por un momento.

-Nena, no es que no les queramos ayudar. Imagínate que lo llevásemos a nuestra casa. Es posible que al final nos mate para robarnos. Las cosas no son tan simples.

-¿Cómo lo sabes? ¿Acaso has hablado con él?

-Simplemente lo sé. Tú eres una niña pero yo soy un adulto y tengo más experiencia.

6

A veces, en las noches, escuchaba el ruido de los pasos de Annie sobre las láminas de madera, acercándose a mi habitación. Entonces veía cómo giraba el picaporte y entraba en puntitas de pie. Yo cerraba los ojos fingiendo estar dormido, y ella se acercaba lentamente, miraba mi rostro y se subía a mi cama. Se metía entre las cobijas y me abrazaba por la espalda con sus pequeños bracitos.

En las mañanas le preparaba el desayuno mientras Tanya le ponía el uniforme, y luego la llevaba en auto al colegio. Hablábamos todo el camino. Era una niña perspicaz. Sentía una gran curiosidad por las cosas de los adultos, pero también le encantaba que la llevase al parque del conjunto en que vivíamos, y me pedía que la columpiase o jugara con ella en la arenera. Luego le ayudaba con sus tareas y, cuando caía la tarde, se sentaba a mi lado a ver televisión a mi lado.

Nos habíamos vuelto inseparables.

Tanya, por otra parte, se había vuelto un poco taciturna. La sonrisa que solía llevar en su rostro se había desdibujado. Pasaba varias horas en silencio, mirando por la ventana, con una taza de café en la mano.

Los fines de semana, cuando Annie se había ido a la cama, Tanya sacaba una botella de ginebra y encendía el televisor. Nos sentábamos uno al lado del otro y veíamos videos de rock viejo. A veces conversábamos de banalidades, y yo sentía deseos de preguntarle por los últimos días de mi hermano, los pensamientos y palabras que ocuparon su mente antes del fin. Sin embargo, ella parecía cada vez más abstraída y distante. Entonces no me sentía capaz de preguntarle de nuevo y recibir otra evasiva como respuesta.

Aunque sentía que éramos una familia, algo invisible se había puesto entre Tanya y yo. No sabía qué era y no me atrevía a preguntarle. A veces, cuando salía de compras, escogía algo bonito para ella, cualquier cosa, por lo general hecha por artesanos, para alegrarla. Antes me daba las gracias apretándose contra mi pecho, pero ahora se limitaba a elogiar el obsequio y me pedía que lo dejase sobre la mesa.

Algo había cambiado en ella. Un ente inasible nublaba sus pensamientos. Era muy extraño, porque Tanya no acostumbraba reservarse sus emociones. Entonces presentí que las cosas no seguirían igual por mucho tiempo.

7

Cuando terminamos de grabar los instrumentos y las voces, sólo quedábamos Mark, George y yo. A todos los demás, incluido el sonidista, Mark los había echado a la calle de una patada en el culo.

El problema ahora era que ninguno de nosotros había trabajado en mezclar y ecualizar las pistas. Mark, con su acostumbrado delirio de súper héroe, se lanzó a la consola y de manera autodidacta trabajó por una semana hasta terminar la mezcla del primer tema del disco.

El sonido era una mierda. Algo no cuajaba. Al escucharlo, George y yo nos hablamos con la mirada, como diciendo: "le dices tú o le digo yo".

George le había caído en gracia a Mark. Tal vez porque era un adolescente todavía, o por su brutal honestidad, carente de pretensiones. Por ello, si cometía algún error en un compás, Mark, que tenía algo de paternalista, le quitaba las baquetas tranquilamente y le explicaba la manera correcta de hacerlo con la paciencia que se tiene con un niño. En todo caso, George regrabó los solos de batería en algunos temas, y la verdad lo hizo de maravilla. Tenía ácido en sus baquetas, así que, sin ser un virtuoso, se granjeó su lugar en la banda.

A mí, por otra parte, me reprendía con más vehemencia, aunque nunca como lo hacía con cualquier otro músico.

Entonces, sin mayor preámbulo, George le dijo:

-Mark, esa mezcla apesta. Necesitamos un experto.

Mark se puso en pie. Por un instante pensé que le arrancaría la cabeza. Pero en vez de eso se llevó la mano a su larga y ondulada cabellera y se quedó meditando mientras acababa su cigarro.

-Encuentren uno —dijo finalmente-, pero que no sea un idiota.

George y yo asentimos con la cabeza y salimos a la calle.

-¿De dónde diablos vamos a sacar un productor, George?

-No te preocupes, conozco a un tipo. Con él grabamos algunos temas de mi otra banda. Es bueno. Sus padres tienen mucho dinero, así que trabaja en esto por gusto. Tal vez podemos aprovechar eso.

George le hizo una llamada y aceptó vernos de inmediato. Nos montamos en el auto y conduje hasta los suburbios. Era una zona de casas gigantescas con autos de lujo parqueados en la entrada. Seguimos las indicaciones hasta un portón de hierro. Toqué el botón del intercomunicador y una voz nos preguntó del otro lado a quién buscamos.

-Nos está esperando Michael –gritó George.

Sonó un *bip* y el portón se abrió para darnos paso a un camino que conducía a casas aún más grandes y autos aún más lujosos. Parqueamos junto a un Aston Martin que estaba en la entrada. Michael ya nos esperaba afuera, con los brazos cruzados y vestido con bermudas y una camisa hawaiana.

Tenía un libro entre mis manos mientras Annie jugaba en el parque. La veía subir y bajar del rodadero para luego atravesar el pasamanos en un instante. Solía llevarla allí en horas de la tarde para que liberase toda su energía y pudiera conciliar el sueño temprano.

El libro que estaba leyendo era *La Peste*, de Albert Camus. Recién lo acababa de empezar, de modo que me abstraje en la lectura por un tiempo indeterminado.

Cuando alcé los ojos y no vi a Annie, entré en pánico. ¿A dónde había ido? Corrí como un desesperado en todas direcciones pero no pude encontrarla. Pensé que si volvía al apartamento y allí estaba ella, Tanya se podría furiosa conmigo. Pero si no estaba, entonces me mataría. Decidí ir al apartamento. Al abrir la puerta y ver que entraba sólo, Tanya me preguntó:

-¿Y Annie?

-No la encuentro, estaba con ella en el parque y en un segundo la perdí de vista. Lo siento Tanya.

-¡Y qué haces aquí en vez de estar buscándola! —exclamó.

Subimos al auto y empezamos a rondar el barrio, preguntando a los transeúntes. Gritábamos su nombre. Pero nada. No aparecía. Tanya, que en un principio estuvo calmada, empezó a insultarme. Entonces, por aquella ley en la que el más tranquilo toma control de la situación, le dije.

-Creo saber dónde puede estar.

Pisé el acelerador y me dirigí al centro. El día empezaba a fusionarse con la noche. Estacioné el auto junto a un edificio. Allí estaba ella, junto al indigente que había visto por la ventana, compartiendo su merienda con él.

Encontré la chaqueta de jean con cuello de lana ovejera que tanto le gustaba a Mark. El otoño ya había llegado de manera que el frío era una invitación a usarla. Le pregunté a Tanya si le parecía apropiado. Ella se quedó mirándome con su rostro inexpresivo y apenas se limitó a decir:

-No es de tu talla, pero quédatela.

Bajé y conduje hasta el taller de mecánica donde tenía guardada la vieja moto Triumph que compramos con Mark recién murieron nuestros padres.

La moto estaba lista desde hace algunos meses. El mecánico me había llamado en repetidas ocasiones pero yo seguía postergando la entrega hasta ese día en que, sin razón alguna, sentí ganas de conducirla.

Pagué al mecánico y le di una propina por llevar el auto hasta mi apartamento. Luego encendí la motocicleta y azoté el camino. Conduje por un par de horas, hasta que estuve despejado. Al rato vi un bar de carretera y me apeé allí. Era un bar con ambientación country, ya sabes, fotografías de artistas del género y meseros con sombrero.

Me senté en una mesa y ordené una hamburguesa con cerveza roja. Mientras esperaba, viendo un video de Willie Nelson en las pantallas, escuché que alguien me llamaba por mi nombre.

-¿Andy Borroughs?

Levanté la mirada y vi el rostro de Laura, la chica por la que sentí mi primer y único enamoramiento adolescente.

-¿Laura? —le respondí, fingiendo que no la había reconocido del todo.

-Sí, Andy, ¡cuánto tiempo! ¿Qué haces por aquí?

-Bueno, estaba dando un paseo y me detuve a comer. ¿Y tú?

-Trabajo aquí, mis padres son los dueños.

-Está muy bien el lugar. Felicitaciones.

En eso llegó el mesero con mi hamburguesa.

-Oh, no quiero importunar. Qué bueno verte –dijo Laura-. Me encantaría que hablemos algún día, y actualicemos el cuaderno.

-No eres inoportuna –le dije-, ¿por qué no me acompañas?

-Tengo que trabajar, pero salgo en una hora. Si me esperas podemos ir a algún sitio y conversamos un rato, ¿qué te parece?

-Si no te molesta andar en moto, por mí está bien.

-Me encantan las motos. Nos vemos en un rato.

10

Resultó que Michael tenía veneno en los dedos. No era virtuoso en absoluto, pero ejecutaba muy bien los *riffs*, los *power chords* y los arpegios. Tenía también una extraña habilidad para encontrar armonías poco usuales, así que cuando combinaban las guitarras con Mark, sonaba increíble. Michael era la segunda guitarra que habíamos estado buscando.

Y esa había sido la condición que Michael nos había impuesto para hacer las mezclas. Cuando nos visitó en el estudio, nuestro presupuesto ya se había desbordado. Así que la propuesta de hacer parte de la banda a cambio de producir nuestro álbum nos cayó como anillo al dedo.

Estuvo una temporada en Berkeley, pero no había finalizado por falta de disciplina, lo que en otros términos quería decir que derrochó el dinero de su padre en fiestas, chicas y alcohol.

Mark, con su eterna desconfianza, lo interrogó apenas pisó el estudio.

-¿Por qué no simplemente producir el disco y ya? –inquirió Mark.

-Porque lo que tienen es bueno, es mi oportunidad de hacer parte de algo grande.

-¿Algo grande?

-Sí, ya sabes, radio, conciertos, chicas, ¿me entiendes?

-Ese no es nuestro objetivo.

Michael nos miró, desconcertado. Yo me encogí de hombros.

-¿Y qué es lo que quieres, entonces?

-Despertar a la gente.

Michael sonrió. Se acomodó en el sofá y luego dijo.

-Okay, Lennon, y como pretendes hacerlo si eres un don nadie en la industria. A veces los medios justifican el fin, ¿sabes?

Mark lo miró fijamente. Levantó una ceja y le respondió con serenidad.

-Mira, te quedarás en la banda sólo porque eres bueno. Y vas a mezclar las pistas como un puto crack. Pero que te quede claro que no vamos a corromper nuestro arte, ¿de acuerdo?

-De acuerdo —dijo Michael-, estirando su mano para sellar el pacto.

11

Annie estaba pasando por una época difícil. Había llegado a la edad en la que los niños son capaces de cuestionar las cosas que les han enseñado. Semejante estado de su pensamiento la atribulaba todo el tiempo, pues las cosas ya no tenían ese cariz maravilloso de antes. Ahora un arcoíris no era un bellísimo río de colores que caía del cielo, no, sino el efecto de la reflexión de la luz en las gotas de agua que se precipitaban por el efecto de la condensación…

¡Qué triste pero abrumadoramente inquietante se había vuelto el mundo!

Y sus preguntas eran cada vez más incómodas.

-¿Quién soy yo, tío? —me preguntó alguna vez.

¿Por qué me hacía preguntas tan difíciles? Hubiera preferido que me preguntase cómo se hacían los bebés o cualquier otra cosa más mundana. Reflexioné un momento sobre este asunto metafísico. Era un tema que no se me daba bien. Nunca fui el tipo de persona que pensaba mucho las cosas.

-Eres Annie, una niña de nueve años de la especie humana, amada por su madre y especialmente por su tío, que habita en este planeta llamado tierra que flota en el universo infinito con rumbo desconocido.

La pequeña Annie sonrió.

-Eres muy chistoso, tío —me dijo-. Me refiero a quién realmente soy yo.

-Bueno… No sé responder a eso. Tal vez lo tengas que averiguar tú misma.

-Me parece justo. Entonces, ¿quién eres tú?

-Tampoco lo sé, Annie. Lo siento.

Veía reverberar el pensamiento de esta niña, para quien el universo era un campo de juegos y grandes incógnitas, y me sentía un idiota. Alguien que sólo había vivido arrastrado por la corriente, sin preguntarse de dónde venía y hacia dónde se dirigía, o por qué estaba allí.

Ella, por otra parte, estaba cambiando. Como una pequeña crisálida que había permanecido inmóvil por mucho tiempo y ahora empezaba a transformarse y crecer.

No sabía entonces que la muerte rondaba de nuevo mi vida y que debía atesorar cada recuerdo de Annie como se guarda lo más sagrado.

12

-Lamento mucho lo de tu hermano –dijo Laura.

-Sí. Fue un duro golpe.

Tuvimos una relación breve que para ella no significó mucho, aunque para mí fue un momento mágico y trascendental de mi vida. En ese entonces era tan sólo una chiquilla tratando de encontrar su lugar en el mundo. Nos besamos un par de veces, después del colegio. Nunca entendió la magnitud de lo que sentí por ella.

Nos hicimos amigos en las clases. Era la típica chica con problemas que asumía una postura rebelde pero en el fondo estaba tan llena de dudas e inseguridades como cualquier otra persona de su edad. Por lo general se sentaba a mi lado en el salón de clase y lanzaba esas sonrisas que te dejan despistado.

Hasta Mark notó que me atraía.

-¿Por qué no le hablas? Creo que también le gustas –me dijo.

Pero con las chicas siempre me encontraba situado en un idioma desconocido. Sentía que caminaba sobre hielo delgado y cualquier paso en falso podría desplomarlo todo.

Había un rasgo particular en ella por el que de niña la molestaban y era que tenía los ojos de dos colores. Uno era marrón y el otro azul. Para los niños toda diferencia es motivo de mofa y su crueldad radica en aquella honestidad que puede ser cándida y brutal a la vez.

Por ese rasgo le decían *siberiana*, ya que esa raza de perros suele tener los ojos de dos colores. En ese entonces nadie imaginaba que esa exótica particularidad la convertiría más adelante en un objeto de deseo entre los chicos.

Yo, por otra parte, nunca le hice bromas ni mencioné nada relacionado con sus ojos. Y creo que eso hizo que ella se acercara a mí. Tal vez en mi presencia se sentía cómoda, como cuando caminas por la calle y eres un transeúnte anónimo entre miles. Conmigo podía ser ella misma.

Cuando entró en la adolescencia empezó a llamar la atención. Los chicos la asediaban como perros. Entonces pareció olvidarse de mí. Pero de un momento a otro, luego de una clase de ciencias, me invitó a que estudiáramos juntos. Fue así como empecé a visitarla en su casa y compartir tiempo con ella.

Teníamos en común el gusto por el rock. Ella pasaba por una fase gótica, aunque sus gustos musicales eran bastante más amplios. Yo me aprovechaba de las frases trascendentales de Mark para hacerme el interesante.

-Eres lindo y profundo –me dijo Laura alguna vez.

Nos besamos delicadamente en la sala de su casa.

A la semana siguiente volvimos a besarnos junto a un árbol. Esta vez acercó su pelvis a la mía y metió su lengua en mi boca. Yo respondí de la misma forma, y pensé que había hecho algo mal, pues me apartó de repente y me dijo que tenía que llegar temprano a su casa.

A la semana siguiente se mostró distante. Mark me dijo que andaba con un chico más grande y que esas dos semanas que compartió tiempo conmigo fueron sólo un receso de esa relación. Luego volvió a ser la chica amable pero inaccesible de antes.

Yo me porté como si nada hubiera pasado, aunque en el fondo sufría.

Ahora se presentaba ante mí, con su cartera en la mano, tan hermosa como antes.

-¿Nos vamos?

-Vamos –le dije.

13

Y así comenzó nuestra historia.

Michael le entregó el demo a su padre, quien lo tildó de basura, pero por tratarse de su hijo lo remitió a un amigo de una disquera pequeña, especializada en bandas alternativas.

El tipo que nos atendió, un cincuentón con barba y cola de caballo, dijo que el sonido era fresco y único. Nos ofreció un contrato envenenado, siempre que recortáramos la duración de tres de los temas del disco, y ajustáramos los coros, introduciendo melodías más pegajosas.

Cuando Michael se lo comunicó, Mark entró en cólera. Todos le dijimos que los cambios eran cosméticos. La esencia del disco se conservaba intacta. Nos miró con odio en sus ojos y se marchó sin decir nada.

Salimos tras de él.

Eran los estertores de la industria musical basada en Cd´s y tiendas de discos. Todavía las compañías discográficas gobernaban la escena y decidían quién sonaba en las emisoras y quién no.

Empecé a caminar a su lado, en silencio.

-Así empieza todo —dijo un momento después-. Escribes letras de protesta y luego una compañía las vende estampadas en camisetas y mugs. La gente corea el estribillo sin saber qué diablos significa.

-No tiene que ser así, Mark. Tal vez esta es una forma de infiltrar y amplificar el mensaje.

-Lo que me molesta es que quieran cambiar las canciones. Sabía que esto pasaría pero igual me hierve la sangre.

-Podemos decir que no.

-No. Sé que los chicos y tú quieren esto. Déjame enfriarme y luego hablaré con ese tipo.

Una semana después Michael firmó el contrato como representante de la banda, y Mark logró que las canciones más importantes no sufrieran cambios.

El contrato resultó ser una porquería, pero nos ayudó a conseguir espacios en emisoras pequeñas. Cumplimos a rajatabla el plan de marketing, tocando en bares de mala calaña, atendiendo periodistas que hacían preguntas estúpidas, tomándonos fotos aún más estúpidas para que el community manager de la disquera publicara frases todavía más estúpidas.

La canción que menos imaginamos, "Primavera", terminó siendo la primera que sonó en las emisoras. En un principio, hacía referencia a un cambio espiritual de la humanidad. El problema fue que él, a manera de broma, modificó el texto original, claudicando ante la disquera para proteger otras como "Los Zapatos del Viento". El nuevo coro, con un estribillo que hablaba de derrocar el poder de las corporaciones, era una protesta velada contra la disquera.

El mensaje fue malinterpretado y nos tildaron de comunistas. Recibimos insultos en las redes sociales, a pesar de que Mark explicó la broma. Nadie le creyó. Así son las cosas en este mundo. La gente cree lo que le viene en gana, sin importar las evidencias. Pero yo conocía a Mark. Él odiaba la política. Creía que las instituciones son una fachada y que la decadencia del espíritu humano es capaz de corromper cualquier sistema.

Terminamos siendo proscritos de algunos escenarios. No obstante, ganamos algunos seguidores, confirmando aquella máxima según la cual no hay mala publicidad.

Como un espejismo, la silueta de Tanya apareció en el fondo de mi alcoba. Su piel blanca parecía dibujada por los rayos de la luna. La había imaginado así, noches enteras, en la pantalla de mi deseo. Se movía lentamente, como en una danza misteriosa. Podía sentir su perfume, hecho de fibras de mujer. Hacía calor. El aire me sofocaba. Caminó hacia mí, desnuda. La curva de sus caderas era redonda y perfecta. No sabía si estaba despierto o inmerso en una ensoñación. Sus dedos largos acariciaron mi pecho con suavidad. Me quedé inmóvil, como quien flota sobre el agua con los ojos cerrados. Se acostó sobre mí y sentí su piel suave y tibia. Quise besarla pero ella alejó su rostro del mío. Tomó mi miembro con su mano y lo introdujo despacio en su sexo cálido, mojado, estrecho. Sentí que me fundía en ella, mientras su pelvis oscilaba sobre mí. Luego asió mi rostro con sus manos y sentí su respiración agitada cerca de la mía. Sus pezones rozaban mi pecho y ella gemía, casi inaudiblemente. Tomé su cintura con fuerza para atraer su cuerpo hacia mí, y así penetrar en ella hasta lo más profundo. Después chocamos violentamente, una y otra vez. Hasta que ella, en medio de un trémulo espasmo, apretó su sexo, haciéndome alcanzar el clímax. Nos quedamos así, unidos, por un rato, sin pronunciar palabra. Luego ella se desprendió de mí y salió de la habitación, como un fantasmagórico reflejo de la luna.

-Te amo, Tayna —alcancé a decirle, antes de que cerrara la puerta.

Pero mis palabras se perdieron en la noche.

Entramos a su apartamento y me invitó a sentarme, mientras destapaba una botella de vino. El lugar era pequeño y desordenado. Me alcanzó una copa y luego encendió el reproductor de sonido que reposaba sobre un estante con figuras de gatos de distintos colores y materiales.

-¿Qué quieres escuchar? –me preguntó.

-Lo que quieras está bien –le dije.

Puso una lista de baladas de bandas de glam rock de los ochentas, Cinderella, Bon Jovi, Poison y esas cosas.

Luego se sentó a mi lado y empezamos a hablar. Me contó que había ido a la universidad pero estando allí conoció a un chico y decidió abandonar los estudios para casarse. Las cosas no funcionaron y un año después se había divorciado.

-Era un buen tipo, pero no pudo con mi forma de ser.

-¿A qué te refieres? Eres una gran persona.

-Sí, no soy Hitler ni nada por el estilo, pero soy una mujer libre y eso es algo que los hombres no pueden soportar.

Al rato fuimos a la cocina e hicimos unos sándwiches de jamón y queso. Laura no tenía nada en la nevera para preparar otra cosa. Nos quedamos allí, conversando.

-Me gusta mucho lo que hicieron con tu hermano, es música realmente especial. Tengo un par de Cds y los escucho de vez en cuando.

-Me alegra que te guste, aunque el mérito es de Mark. Él compuso todas las canciones y diseñó la mayoría de los arreglos. Yo estuve ahí sólo por ser su hermano menor.

-No te subestimes, seguro tenías tu papel en el grupo… -dijo, y luego hizo una pausa-. No quiero ser imprudente, pero me impactó mucho cuando me enteré de lo sucedido. Cuesta trabajo entender por qué lo hizo, siendo una persona tan talentosa y con tanto futuro.

-Yo tampoco lo entiendo todavía. Estoy intentando descifrarlo aún. Sólo me dejó una carta en la que me pidió que cuidara de su novia y de su hija. Algo muy extraño. Ahora vivo con ellas dos. Soy el cuñado y el tío que las cuida.

-Oh, no lo sabía. Pensé que estabas sólo.

-Bueno, estoy con ellas pero ya sabes, como un pariente.

Terminamos de comer y acabamos la botella de vino. Miré mi reloj y vi que ya había pasado la medianoche.

-Tengo que irme, Laura —le dije-. Me gustó mucho verte.

-Sí, ok, no me di cuenta de la hora… Andrew, quiero decirte que lamento mucho la forma en que me porté contigo en el colegio —dijo-, me hubiera gustado que compartiéramos más. Eras mejor que los chicos idiotas con los que salía. Siempre anhelé volver a verte y no quisiera perderte de vista de nuevo.

-No, claro que no, también me gustaría verte otra vez. Cuando quieras.

-¿Qué tal mañana? —susurró Laura, tomándome del gabán.

-Mañana estaría bien —murmuré.

Entonces rodeó mi cuello con sus manos y nos abrazamos estrechamente, como quien abraza una historia que pudo ser y no fue.

16

Vendimos tan sólo 5.000 copias luego de un año entero de promoción. Dado que nuestras presentaciones fueron todas gratuitas, tampoco recaudamos dinero por conciertos. Un monumental fracaso. Al final estábamos exhaustos de la gira y de tocar las mismas canciones, una noche tras otra. Nos drogábamos antes de cada presentación para mantenernos espabilados. Mark, especialmente, se había ido quebrando por dentro. Quería irradiar su mensaje sobre la solidaridad y el desapego a las cosas materiales, pero estas eran cosas que no le interesaban a nadie. La gente bebía sus cervezas y conversaba en sus mesas mientras tocábamos, sin prestarnos atención. Al final, cuando interpretábamos "Los Zapatos del Viento", coreaban el estribillo y luego volvían a sus vasos.

Cumplimos con el contrato y volvimos a casa. Estaba feliz de volver a dormir en mi cama y tener una rutina más estable. Contrario a lo que pensaba, la vida de una banda de rock es poco glamorosa. Se trata de dormir en hoteles de carretera, mucha comida chatarra, tocar un tema hasta odiarlo, intoxicarse, seguir tocando los mismos malditos temas y volver a empezar.

Por fortuna no dependíamos de la música para vivir.

Al finalizar la gira la banda se disolvió y Mark entró en depresión. Dos meses después ingresó por vez primera en una clínica de reposo para desintoxicarse. Estuvo allí tres meses. Lo visité cada domingo, como a un preso, en aquella especie de resort que irónicamente quedaba junto a un viñedo.

Lo recogí en la van Wolkswagen que habíamos acondicionado para los viajes de la banda, como si fuéramos un grupo de hippies.

Salió con su tula colgada de la espalda, jeans negros, lentes de sol, botas industriales y un fijack verde militar. Tenía el pelo más largo, bastante por debajo de los hombros y una barba montaraz de ermitaño. Pensé: "hasta ahora se decide a tener look de estrella de rock".

-Conocí mucha gente interesante —comentó al subirse a la van- Había un tipo que decía ser *primitivista*, un sub-género del anarquismo que propone regresar a la naturaleza. Algo así como un Amish. Dice que la civilización es un engendro y que deberíamos volver a vivir como nómadas cazadores. ¿Qué te parece? Me dijo que tiene una cabaña en las montañas y que cuando el mundo moderno implosione nos recibirá con gusto.

-¿Y el loco tiene nombre?

- Sí, se llama Theodore, y no está loco.

Conduje por las áridas autopistas que reverberaban por el calor, atravesando el desierto como serpientes grises. Bebimos cerveza todo el camino de regreso. Me contó sobre una chica adicta al sexo con la que se acostó casi todas las noches.

-Claramente no le ayudaste mucho a recuperarse, ¿no? –le increpé.

También me habló sobre un tipo que se hacía llamar Robert o Robbie, no recuerdo bien, con el que tocaron juntos el piano de la clínica y lo convenció de seguir en la música. "No se trata de la fama ni de que te apruebe o entienda nadie, se trata de hacer música jodidamente buena", le dijo aquel buen hombre.

Hacía mucho tiempo que no lo veía tan entusiasmado. Me habló de nuevas influencias, del minimalismo y de las canciones que había compuesto.

-En mi mente hay toda una sinfonía –exclamó-. No puedo esperar más para entrar al estudio de nuevo.

-Pensé que habías terminado con eso.

-No, Andrew, el destino es como la gravedad. Puedes ignorarlo pero no evitarlo. Yo nací para hacer música. Si decides traicionar tu esencia, vas a ser desdichado toda la vida. Y yo no quiero ser un desdichado nunca más.

17

Por alguna razón me aterraba contarle a Tanya acerca de Laura. ¿Por qué?, me pregunté a mí mismo. Mi relación con Tanya no tenía un carácter romántico. Y lo que estaba viviendo con Laura no era algo serio. No tenía sentido ocultar que estábamos saliendo. Decidí invitarla al apartamento para que conociera a Annie. Puse a Tanya sobre aviso. Reaccionó con desdén, como si le hubiera contado que me había encontrado una moneda en el suelo.

Laura nos visitó una tarde de domingo. Ordenamos pizza y cervezas. Tanya se comportó de manera divertida, haciendo gala de su humor negro. Conversamos largo y tendido. Hablamos del colegio, los chicos, los profesores, nuestros padres y un largo etcétera. De repente Laura fijó su mirada en las cosas de Mark y pareció distraerse.

-¿Quieres mirar? —le preguntó Tanya.

-Oh, lo siento, sé que esto es muy privado —dijo Laura.

-No te preocupes, adelante.

-Si no es molestia.

-Claro que no.

Laura se puso en pie y se acercó a la biblioteca donde habíamos ordenado las fotos, discos y apuntes de Mark.

-Lo recuerdo nítidamente. Era un tipo enigmático, ya sabes, de esos que dejan una fuerte impresión. Alguien que no pasa desapercibido —dijo Laura.

-Sí, aunque lo que me cautivó de él fue su inocencia. Era un idealista. Y también fue el hombre más dulce y honesto que he conocido. Eso y que tenía un pene enorme.

Las dos soltaron una risa cómplice. Yo me quedé tumbado en el sofá mientras bebía mi Budweiser. Al rato Annie salió de su alcoba.

-Hola, ¿qué hacías allí? —le pregunté.

-Durmiendo. ¿Qué más podía hacer?

-Estás durmiendo mucho últimamente –le dije.

Tanya interrumpió:

-Annie, ella es Laura, una *amiga* de tu tío.

Annie soltó un "Ah", se encogió de hombros, dio media vuelta y se dirigió a la cocina.

-¿Quieres pizza? –le dije.

-No tengo hambre –gritó, y un momento después salió de allí con un vaso de agua en la mano.

-Lo siento –dijo Tanya-, está entrando en esa edad.

-No te preocupes, yo era terrible cuando era adolescente. Andrew lo sabe muy bien –dijo Laura, y las dos me miraron seriamente.

Me limité a asentir con la cabeza. Toda aquella conversación empezó a parecerme incómoda. Cuando terminaron de ver las cosas de Mark, le dije a Laura que estaba cansado y que prefería llevarla a casa temprano.

-Claro, sí –dijo.

Se despidieron con un abrazo. Laura lanzó un "hasta luego Annie", pero no recibió respuesta.

-Yo le envío tu saludo. Debe estar durmiendo –dijo Tanya.

Bajamos al parqueadero por las escaleras. Laura me tomó de la mano. Una vez subimos al auto me preguntó:

-¿Estás seguro de que ella no siente nada por ti?

-¿Por qué lo preguntas?

-No sé, por la forma en que se comportó. Y cuando me presentó con Annie me llamó tu *amiga*, con un tono extraño.

Me quedé con los ojos fijos en la avenida. Unos segundos después le dije:

-Bueno, ¿cómo crees que debió presentarte?

-No sé… Pero no fueron las palabras sino el tono que utilizó. Creo que ella siente algo por ti.

-No, Laura, te equivocas. Las cosas no son así. Tenemos una relación extraña, lo sé, pero no es de esa clase que estás imaginando.

-Está bien –dijo Laura-, te creo. No me gustaría meterme en algo complicado.

Dijo eso y nos quedamos en silencio el resto del camino.

18

Encontré a Tanya llorando junto a la piscina del edificio, con una cerveza en la mano. Cuando me acerqué, se secó las lágrimas y me sonrió.

-¿Estás bien? —le pregunté.

-Sí.

-Puedes confiar en mí.

Dejó la cerveza a un lado y me ofreció un cigarrillo. Era una brumosa y fría tarde de mediados de enero. En esa época del año nadie se atrevía a desafiar la temperatura de la piscina. Así que estábamos solos.

-Tanya, estás muy extraña.

-Te agradezco tu preocupación, Andrew, pero necesito estar sola.

Me quedé de pie a su lado hasta que acabé el cigarrillo. Tanya siguió con su mirada perdida en el agua. Me di media vuelta y subí de nuevo al apartamento. Allí estaba Annie viendo televisión. A pesar del frío llevaba una camiseta de tirantas y entonces noté algo extraño en su espalda. Me acerqué y vi que eran dos pequeñas protuberancias, ubicadas simétricamente en cada uno de sus omoplatos.

Pensé que podía ser cualquier cosa, lunares, una infección, quién sabe, pero de cualquier manera había que solicitar una cita con un especialista. Para ahuyentar los pensamientos negros decidí leer un poco. Tomé el libro de Paul Auster que no había podido terminar y me lo llevé a mi alcoba. Leí un par de páginas y de nuevo me quedé dormido. Cuando desperté ya había caído la noche. Las sombras habían invadido mi habitación como una mala hierba. No sabía qué hora era. Tenía esa extraña sensación de que el tiempo había perdido su estructura y se movía a un ritmo irregular. Tomé mi teléfono y vi la hora en la pantalla. El reloj digital marcaba las 11:27 p.m. Aunque hacía frío, estaba empapado en sudor. Me quité la ropa y entré en la regadera. Sabía que de esta forma podría relajarme y conciliar el sueño. Dejé que el agua se calentara y liberara el vapor que empañó el espejo. Cuando la temperatura estuvo a punto, me puse bajo del agua. Dejé que el chorro caliente bañara mi cabeza y cerré los ojos. Luego sentí el ruido de la puerta y de la cortina de la regadera. Era Tanya con una botella de Jack Daniel's en la mano. El círculo negro de sus pupilas se había dilatado hasta casi absorber todo el color de sus ojos.

-¿Qué haces?

Entró en la regadera y me dio un sorbo de whisky. Yo, impávido, tragué el alcohol. Sentí el tufo y noté que estaba ebria. Luego se puso de rodillas y, asiendo mi miembro con su mano libre, lo acercó a su lengua. Empezó a lamerlo lentamente, mientras el agua resbalaba por mi cuerpo y el suyo. Puse una mano en la pared para aferrarme a un elemento del universo físico. Sentía el placer que recorría la piel de mi pene al paso de su lengua. Hizo esto por unos segundos más y luego lo introdujo en su boca. Primero lo chupó despacio, pero después lo empuñó con más fuerza y velocidad, hasta el punto en que empecé a sentir una mezcla de dolor y placer. Cuando estuve a punto de eyacular, la tomé por el pelo y la levanté.

-¡Ya basta!

-¿No era esto lo que querías?

-De qué diablos estás hablando, Tanya.

-¿No querías metérmelo? ¿No quieres apropiarte de todo lo que le pertenece a Mark? ¿No es por eso que trajiste a esa mujer a nuestra casa?

-¿Acaso estás loca? —le dije mientras aún la sostenía del pelo-. ¿Todo esto es por Laura?

-Eres un idiota, no endientes nada —exclamó e intentó salir de la regadera. La tomé del pelo y la atraje hacia mí. La besé frenéticamente. Le quité la botella y derramé whisky para beberlo de sus senos. Ella se dio vuelta e irguió sus glúteos. "Métemelo, Andrew", gimió. Intenté penetrarla pero el agua generaba fricción. Entonces me guio con sus dedos y al fin pude entrar en ella. La penetré con violencia contra las baldosas de la regadera. Tomaba tragos de whisky y luego los ponía en su boca, embistiéndola con toda mi potencia. En un movimiento brusco mi pene salió. Tanya me empujó contra la pared. Saltó sobre mí rodeando mi cintura con sus piernas, y empezó a moverse salvajemente. Sentí la presión de su sexo sobre el mío. La sostenía con mis manos mientras ella saltaba sobre mí, empujándome más y más al clímax. Exploté dentro de ella, en un brutal espasmo. Pero Tanya no se detuvo. Siguió empujando su pelvis sobre mí sin piedad. Lo soporté por unos segundos pero luego caí con ella sobre mí, y siguió moviéndose hasta que la aparté con mis manos.

-Estarás contento –gritó-. Ahora quiero que te largues.

-Esta es mi casa, Tanya, no puedes echarme.

-Entonces nos vamos nosotras.

Se dio vuelta y salió del baño, desnuda. Yo me quedé allí, echado sobre las baldosas de la regadera. Sólo hasta entonces me di cuenta de que la botella de whisky se había roto y chorreaba sangre por mi pierna derecha.

Recuperé el aliento y me puse una toalla en la cintura. Fui hasta la habitación de Annie y allí estaba Tanya, apenas con ropa interior y el pelo mojado, alistando una maleta.

-Detente, Tanya, por favor. Yo me voy, yo me voy. Esta es tu casa, todo es un malentendido. Cálmate por favor.

-Lárgate ya, Andrew.

Empaqué un par de cosas y me fui a dormir a un motel.

19

Sin embargo, llamamos la atención de un par de tipos influyentes. 5.000 copias fueron un fracaso para nosotros mas no para la disquera, al parecer. Dijeron que éramos una banda de "nicho", de esas que no cautivan masas sino un grupo específico de fanáticos, con gustos muy particulares.

-Es mejor una tribu pequeña que te seguirá a donde vayas, en vez de una masa efímera que se irá con la siguiente banda —arguyó Michael.

Nos citaron en sus oficinas, en un alto edificio de la zona empresarial. Eran tipos jóvenes, vestidos elegantemente.

-Creemos que hay un mercado para lo que ustedes hacen —dijo uno de ellos-, sólo requieren de más promoción, y nosotros nos podemos encargar de ello con nuestro increíble departamento de marketing. Ustedes únicamente deben concentrarse en hacer un gran disco.

Nos ofrecieron un contrato menos criminal, así como cero interferencias en la producción de las canciones. A cambio, pidieron grabar el disco en su estudio, y con la asesoría de uno de sus productores.

Mark asintió. Firmamos el contrato y un par de semanas después volvimos al estudio. Nos esperaba allí el nuevo productor, un tipo llamado Zeus, moreno y vestido como un gánster.

Mark nos presentó las maquetas en las que había estado trabajando frenéticamente. Eran canciones más simples, musicalmente hablando, pero conservaban el aire de rock progresivo con letras filosóficas y contestatarias. La última que escuchamos llevaba por título "Fuego".

De repente Zeus empezó a improvisar acordes y melodías sobre un sintetizador, creando variaciones de este tema. Mark se acomodó en la silla:

-¿Qué haces? —le dijo.

-Ya verás, hijo –replicó Zeus-. ¿Y los demás no tienen nada?

George, Michael y yo nos quedamos congelados.

-Oh, entiendo –bromeó Zeus-, son una de esas bandas de adorno. Okay, no deberían llamarse Los Impostores sino Mark y los estúpidos fantasmas.

-Yo tengo una canción –interrumpió Michael tímidamente-, pero no es para nada poética.

-¿A qué te refieres? Aquí no está el puto Leonard Cohen. ¿Por qué no nos la enseñas, chico? –interpeló Zeus.

Michael miró a Mark, quién asintió con la cabeza. Entonces Michael conectó su iPod a la computadora. Los parlantes arrojaron el rasgado de una guitarra folk, y luego la tenue voz de Michael interpretando una canción de desamor.

-Vaya, una de esas canciones taciturnas y simples. Me gusta. ¿Qué opinas Mark?

Se encogió de hombros.

-Está bien.

-Miren, chicos, conozco músicos de sesión mejores que ustedes – continuó Zeus. Todos deben aportar algo. Tienen que ser una banda real. Hasta Ringo aportó canciones, ¿me entienden?

Extrañamente, Mark seguía tranquilo, con la cabeza apoyada en sus manos.

-Ya veremos, Zeus, gracias por los consejos. Y me pareció interesante la variación que hiciste hace un momento de "Fuego".

Vi un Mark más tolerante y maduro. Desde luego que el escritor seguiría siendo él, no sólo por su personalidad dominante, sino porque ninguno de los demás tenía una pluma equiparable. Y en cuanto a los arreglos, Mark sabía que si algo no le gustaba, podía enviar a Zeus al diablo.

20

Me sentía miserable. Como si hubiera apuñalado a mi hermano por la espalda. Tanya no devolvía mis llamadas ni mis mensajes. La imaginaba colérica, llena de odio, después de lo que había sucedido. Pero aún no lograba descifrar por qué motivo había actuado de esa forma. Por otra parte, extrañaba a Annie. Ambas hacían parte de mi vida ahora y no estaba dispuesto a perderlas. Torpemente dilucidé que la razón del episodio irracional de Tanya había sido ocasionado por celos. Tomé la decisión de cortar mi relación con Laura, aunque no fuese nada serio.

Nos encontramos en una antigua cafetería del centro. Ella llevaba un gorro de lana y bufanda, que combinaban con el color de sus ojos. Ordené un espresso y ella pidió un té.

Una vez estuvimos solos, hablamos de frivolidades, del clima, del tráfico y cosas así. Con mi acostumbrada timidez e inseguridad, no sabía cómo iniciar la conversación. Ella, finalmente, me facilitó las cosas:

-Andrew, sé que me citaste aquí para decirme algo. Por favor no te preocupes, sabes que me agradas mucho, pero no tengo ataduras con nadie. Eso sí, me gustaría que sigamos siendo amigos.

-Vaya —repliqué-, ahora eres adivina… Sí, las cosas no están bien en este momento con Tanya y Annie. Necesito concentrarme en ellas por un tiempo.

-Entiendo, está claro que se quieren y que es complicado. No es difícil darse cuenta. Lamento mucho si te ocasioné inconvenientes.

-No, claro que no. Tal vez en parte, pero no de la forma que crees. Para serte honesto, siento que estoy en una especie de espacio cerrado en el que por el momento no cabe nadie más.

-Tranquilo, es una pena, porque la estábamos pasando muy bien juntos.

Nos tomamos de la mano y conversamos por otro rato. Luego pagué la cuenta y le ofrecí llevarla hasta su apartamento. Conduje lentamente a través de las calles difuminadas por la niebla, con la sensación de que estaba perdiendo un pedazo de mi ser. Los parlantes del auto entonaban una canción de Neil Young. Aparqué frente a su edificio, y nos quedamos en silencio, mirando al frente.

-Puedes pasar un rato, si quieres.

Subimos. Al cerrar la puerta tras nosotros, nos besamos dulcemente. Ella levantó sus brazos y le saqué el sweater con suavidad. Nos acostamos en el sillón de su sala y, mientras besaba sus hombros bronceados, tomó mi mano y la puso en uno de sus senos. Luego se postró de lado y retozamos melancólicamente, como dos amantes que se entregan por última vez. El cuerpo de Laura era delgado y firme. Giraba su cabeza para ofrecerme sus labios. Tenía la habilidad de seguir el ritmo de mis movimientos. Sentí luego que su respiración se agitaba, así que la apreté contra mí, hasta que el paroxismo le arrancó un gemido leve que se prolongó por unos segundos. Entonces me dejé llevar y eyaculé dentro de ella. Sudorosos y jadeantes, nos quedamos así por unos minutos, uno pegado al otro. Luego se levantó y entró al baño. Yo me vestí y me quedé sentado en el sofá. Al salir, se recostó contra el marco de la puerta.

-Fue una linda despedida. Pero ya es tarde, es mejor que te vayas.

-Sí, tienes razón –le dije. Nos abrazamos.

-Si necesitas una amiga, no dudes en llamarme.

-Lo mismo digo.

Nos besamos en los labios y salí a la calle. Pensé en los múltiples destinos que se extinguen con cada decisión que tomamos. En los caminos que se desencuentran y nunca llegan a unirse, aunque se crucen en algún punto. ¿Qué significado tiene todo aquello que vivimos y luego abandonamos para seguir un rumbo distinto? No lo sabía. Pero tenía claro que mi lugar, por el momento, estaba junto a Annie y Tanya, como me había pedido mi hermano.

21

Escuché el timbre de mi teléfono, y vi el nombre de Tanya en la pantalla. Las ideas se amontonaron en mi cabeza, ¿por qué se comunicaba ahora luego de ignorar mis llamadas por tanto tiempo?

Contesté. Escuché la voz de Annie al otro lado:

-Tío, por favor, ven rápido, mamá no está bien.

Conduje a toda velocidad hasta el apartamento, y subí las escaleras a grandes zancadas. Annie abrió la puerta y me jaló de la mano hasta la habitación de Tanya. Estaba lívida, con los ojos perdidos.

-¡Tanya, Tanya! —le grité, sacudiéndola por los hombros. Pero ella no respondía. Tomé una de sus muñecas y sentí que tenía pulso-. Debemos llevarla al hospital. Ponte zapatos rápido, Annie.

Estaba tan desgonzada que me costó trabajo levantarla. Descendimos las escaleras dificultosamente, y la recosté en la parte de atrás de mi auto.

-¿Qué ocurrió? —le pregunté a Annie una vez estuvimos en marcha.

-No lo sé —dijo ella.

Llegamos en 15 minutos al hospital y luego de pedir auxilio en la recepción, dos enfermeros se la llevaron en una camilla y se perdieron tras las puertas giratorias. Luego me llamaron a la recepción y me hicieron algunas preguntas.

Desorientados, como dos náufragos solitarios, Annie y yo nos abrazamos. Era tan pequeña y frágil como un pajarito entre mis manos. Entonces sentí de nuevo las protuberancias en su espalda. Un escalofrío recorrió mi cuerpo.

-Mamá va estar bien, ¿okay?

-Sí tío… ¿A dónde habías ido? Mamá dijo que estabas de viaje.

-Sí, un tema de trabajo, nada especial.

-¿Y cuándo vas a volver a casa?

-No lo sé, nena, hablaremos luego de eso.

-Mamá está así por la muerte –dijo Annie.

No esperaba una afirmación de esa índole. Me quedé mirando a la pequeña niña, con sus rizos castaños y sus ojos acuciosos. Mi cerebro intentó procesar el significado de las palabras que había pronunciado en el contexto de una persona de diez años, pero no fue capaz de hallarlo.

-¿A qué te refieres?

-Hablaremos luego de eso –dijo.

Nos sentamos en la sala de espera. Le di mi teléfono para que se distrajera jugando Tetris, mientras yo repasaba las temibles posibilidades de lo que acababa de ocurrir con Tanya. Al rato un médico se acercó y dijo:

-¿Pariente de Tanya Hanson?

-Soy yo, Doctor –respondí y me acerqué a él. En voz baja, pronunció:

-La señorita Hanson tuvo una sobredosis, pero se encuentra estable. En un par de horas pasará a una habitación y podrá hablar con ella.

22

Annie dormía profundamente sobre el sofá junto a la cama en la que yacía Tanya, todavía sedada. Yo la observaba en silencio desde una incómoda silla de plástico. Cuando la madrugada clareaba, abrió los ojos.

-Hola.

-Hola.

-¿Cómo te sientes?

-¿Por qué estoy aquí? ¿Qué ocurrió?

-Sufriste una sobredosis. Tuve que traerte. Annie me llamó.

-¿Cómo está ella?

-Está bien, dormida en el sofá.

-Bien. Entonces ya puedes irte.

-No me voy a ir, Tanya. Tenemos que hablar.

-No quiero hablar contigo, Andrew, entiende.

-¿Por qué? ¿Qué fue aquello tan grave que hice?

-No quieres estar con nosotras. Entonces te estoy liberando. Vete, por favor.

-Cómo dices eso, no quiero otra cosa que estar con Annie y contigo.

-No es verdad, eres un egoísta que piensa sólo en sí mismo, en tus estúpidos dilemas.

-Tanya, no entiendo por qué dices eso. ¿Acaso es por Laura? Eso ya terminó.

-No seas idiota, Andrew. No entiendes nada.

-De acuerdo, soy un idiota. Entonces explícame, qué es lo que pasa.

-Annie está muriendo.

23

Nos tomó un poco más de dos meses grabar el disco. Doce canciones exactamente. Las diez iniciales compuestas por Mark y dos adicionales que aportaron George y Michael.

Para mi gusto, nuestro segundo álbum fue mejor que el primero. Zeus incorporó teclados y otros instrumentos, coristas femeninas, efectos de sonido, y cambió la estructura de algunas canciones. Mark escuchaba con atención sus propuestas y parecía entender la visión que Zeus le planteaba. Desde luego, no siempre estuvieron de acuerdo, y hubo temas en los que Mark se ponía tan furioso que Zeus cedía de inmediato. Pero el resultado fue un disco monumental, con algunos temas sinfónicos y letras de inefable belleza.

Trabajamos como locos, tocando una y otra vez cada instrumento, cada solo, cada variación, con espíritu perfeccionista, tratando de encontrar la mejor armonía. En las mañanas inhalábamos cocaína y, en las tardes, escuchábamos las mezclas que hacía Zeus mientras fumábamos marihuana. Al caer la noche salíamos a cenar en un bar ubicado frente al estudio y tomábamos whisky. En una de esas salidas, tuve una conversación con Mark que quedó grabada en mi memoria:

-Si no conoces tus orígenes nunca vas a saber quién eres realmente –dijo.

-¿Te refieres a tus padres? –sugerí.

-A mí padre, Andrew. ¿Sabes?, logré sacar a mi madre de aquel basurero. Está viviendo en un centro de rehabilitación. Espero que se recupere y pueda hablar con ella. Pero primero tiene que drenar todo el dolor de las pesadillas que vivió.

-Eso está muy bien. Me alegra por ella y por ti. Pero tú, Mark, ¿has drenado tus pesadillas? ¿Alguna vez has hablado con alguien de lo que viviste en la infancia?

Mark bajó la mirada, tomó un sorbo de whisky y sonrió irónicamente.

-No recuerdo el rostro de mi padre. No lo recuerdo, Andrew. No sé quién fue. No sé por qué nos abandonó. Sólo sé que mi madre no pudo manejarlo y se derrumbó. Nos recuerdo viviendo en las calles o en lugares que no puedo reconocer, tipos asquerosos tocándola y tocándome. Ella drogada y alcoholizada, tirada en el suelo mientras yo moría de hambre. Esas imágenes son como relámpagos que vienen a mi memoria, y azotan mi alma. Pero yo no quiero hablar de eso. No quiero abrir las puertas de ese infierno. Sólo quiero respuestas.

-Creo que te entiendo. Pero tal vez sea bueno que lo compartas con algún profesional, ¿sabes? No dejes que esos demonios te torturen.

-Mira, chico, sólo la verdad, el amor y el arte pueden sanar un espíritu dañado. Y eso es algo que ningún "profesional" puede darte.

-Bueno, yo sólo decía, ya sabes que eres mi hermano y me preocupo por ti.

-Gracias. Pero tú… Tú también perdiste a tus padres. Y lo has sobrellevado todo en silencio. No he visto en ti nada parecido a una catarsis.

-Sí, lo sé, pero yo estoy bien, en parte porque hemos afrontado todo juntos.

-Me halagas, chico, pero debes estar bien por ti mismo. Debes hacerte fuerte y no depender de nadie.

Por esa época apareció Tanya. Llegaron juntos al estudio de grabación, tomados de la mano. Estábamos discutiendo el orden de las canciones del disco en ese momento.

-Ella es Tanya –dijo Mark.

"Hola", respondimos en coro, un poco asombrados. Teníamos un pacto tácito de mantener a las chicas por fuera de nuestro entorno artístico. El mismo Mark decía que eran un estorbo. Pero a nadie se le ocurrió cuestionarlo. Las reglas de la banda las decretaba y derogaba el mismo Mark. El único que pareció entusiasmado con la presencia de Tanya fue Zeus.

-¿Te ofrezco algo de tomar? –le dijo.

-Estoy bien, gracias.

Eran los últimos días en el estudio. A Zeus y a Mark les brotaban montones de ideas sobre detalles específicos. Los demás éramos simples espectadores. Tanya permanecía a su lado, tomada de su mano. A veces se besaban en nuestra presencia, lo que nos resultaba un poco incómodo.

Al principio salíamos juntos, pero luego Mark y Tanya empezaron a alejarse. Así que las últimas noches en el bar fueron para que George, Michael y yo comentásemos la situación.

-Esto no está bien –dijo Michael.

-Yo creo que es algo temporal –dijo George.

-Es la vida de Mark –dije yo-. No debemos meternos.

-Pero puede afectar a la banda –dijo Michael-. Es una distracción, romperá nuestro equilibrio.

De alguna forma así fue. Incluso para presentar el trabajo final a los ejecutivos, Mark decidió ir acompañado de Tanya.

-¿Es una de las coristas? –preguntó uno de ellos.

-No, ella es Tanya –respondió Mark.

El disco pareció gustarles, aunque no se mostraron particularmente entusiasmados.

-Bueno, el sonido es fiel a la esencia de la banda. Creo que funcionará –dijo uno de ellos.

Salimos a celebrar a un bar de cerveza y *hot wings*. Comimos y bebimos hasta la saciedad, George hizo imitaciones sobre las peleas de Zeus y Mark. Reímos de buena gana. Tanya sonreía junto a Mark, siempre tomada de su mano. En un momento que se puso en pie para ir al baño, cuando estuvo lejos, Zeus le dijo a Mark:

-Ten mucho cuidado, hijo.

-¿A qué te refieres, viejo?

-Las mujeres son la perdición, ya lo sabrás.

24

Annie dormía todo el día. Tenía que despertarla para que comiera un poco. Pero rechazaba la comida. Apenas le daba pequeños sorbos a la sopa o tomaba un poco de agua. Eso era todo. Las protuberancias en su espalda seguían creciendo. Eran como dos costras de color negro sobre vejigas llenas de líquido.

Le pedí a Tanya que consultáramos con otros especialistas, pero ella se negaba.

-Ya está, Andrew, tienes que aceptarlo. No quiero que pase sus últimos días torturada en una clínica.

Yo insistía. Todos los días. No entendía de qué trataba aquella enfermedad. Según Tanya, los médicos afirmaban que era catastrófica. Me costaba aceptarlo. Sentía que cada vez que amaba a alguien, la tragedia se cernía sobre mí con sus fauces de lobo para arrancarle de mi lado. Me sentaba en la cama junto a Annie, acariciando su pequeña cabeza de rizos castaños, y lloraba, lloraba como un niño.

Por otra parte, Tanya permanecía fría e indiferente. En el hospital se había limitado a decirme que si quería estar con ellas no podía confundir las cosas. Que la forma en que yo concebía el amor era una forma de egoísmo disfrazado. Ella no llenaría mis vacíos e inseguridades. No sería el objeto para satisfacer mis instintos y emociones. Debía poner los pies en la tierra y verla de un modo diferente. El problema era que la amaba. Pero mis sentimientos eran algo execrable para ella.

Algunos días me sentía como un idiota. ¿Por qué debía sentir culpa de mis emociones? Todos necesitamos amor a fin de cuentas. Yo era un simple ser de carne y hueso. Entonces pensaba en salir corriendo a buscar a Laura. Sin embargo, sabía que no me marcharía.

Ahora que había fijado su posición y sus reglas, Tanya estaba más calmada. Pensé que pronto llegaría el momento para tener la conversación sobre lo que había ocurrido la noche que la llevé a la clínica. Traté de inducirla en diferentes ocasiones, pero la respuesta fue siempre un cerrado mutismo.

Una noche, luego de darle a Annie las pastillas para el dolor, fui hasta la cocina a servirme un vaso de bourbon. Allí estaba Tanya, tomando su ginebra. Esta vez, quizás por causa del alcohol, fue ella quien me habló:

-Andrew, debes saber que una vez termine todo me marcharé.

-No te preocupes, no esperaba otra cosa –dije. Tenía tantas preguntas y sentimientos amontonados, pero no era capaz de expresarlos, por miedo a su silencio o a una de sus violentas reacciones. Miraba mi vaso de whisky y sentía el peso de su mirada sobre mí. Debió notar las ideas que merodeaban mi cabeza, porque dijo:

-Eres un cobarde, Andrew, ¿lo sabías? Nunca te atreves a nada. Vives a la sombra de tus miedos. Por una vez sé hombre: habla y asume las consecuencias de tus palabras.

Levanté la mirada hacia su rostro. Tenía fuego en sus ojos. Sentí esa misma piedra amarrada a mis pies, que me hundía cada vez más profundo. Con esfuerzo sobrehumano, pronuncié:

-¿Por qué se suicidó Mark? ¿Cómo ocurrió? ¿Estabas con él?

Tanya sonrió. Su piel de luna resplandecía de entre las sombras.

-¿Preguntas si yo tuve algo que ver?

-Eso mismo pregunto.

-No lo entenderías.

-Entonces explícame.

-De acuerdo –respondió.

25

-¿Por qué morimos?

Me había quedado dormido a su lado. Ahora me apuntaba con sus inquietantes pupilas, en señal de que no cedería hasta que le diera una respuesta convincente.

-Nadie lo sabe, pequeña.

-No importa lo que otros no saben, sino lo que tú crees que sabes.

-En ese caso, creo que morimos para dar paso a la nueva vida, para renovar el mundo.

-Y entonces, ¿por qué vivimos?

-Es un misterio.

-Qué dice tu corazón.

-Que somos pasajeros. Partimos de la estación sin conocer nuestro origen ni nuestro destino. Y sólo somos observadores de este viaje, nuestro único consuelo es contemplar el recorrido.

-Es hermoso lo que dices. Pero es triste también. El mundo es como lo sientes. Y tú lo sientes absurdo y solitario, como las calles desiertas de un pueblo abandonado al amanecer. El problema es que no has entendido a qué viniste a este mundo. ¿Acaso lo sabes? ¿A qué viniste a este mundo?

-No, Annie, es algo que me pregunto frecuentemente, pero no lo sé. Por ello tal vez he creído siempre que no hay razón para que esté aquí. Simplemente estoy, porque así es la existencia. Un accidente.

-Está bien, las cosas son sin importar lo que creamos de ellas. Yo, en cambio, sé muy bien por qué habito esta dimensión en este tiempo.

-¿Ah, sí? Me encantaría escucharlo.

-Vine a encontrarme contigo, para ayudarte a encontrarte contigo mismo, porque estás perdido.

-Bueno, me siento así, perdido, como una roca flotando en el vasto espacio infinito, a la deriva, sin brújula ni destino, así me siento.

-La vida te arrastra a cualquier parte, si no navegas, ¿sabes? Pero es porque estabas dormido. Pero yo vine a ayudarte, a despertar tu corazón. He abierto los ojos de tu corazón. Esos que se cierran cuando creces. Cuando aceptas que el mundo es ese ladrillo que los adultos ponen en tu ventana. Y entonces crees que no hay belleza en el mundo. Porque ese ladrillo está allí, justo en medio de la verdad y tus ojos, y está hecho de las cosas estúpidas que tanto importan a la gente. Y entonces te conviertes en un sonámbulo, en un adulto, cantando esa canción que dice que el mundo es frío y triste. Una y otra vez. Y te subes a ese tren del que dices que eres pasajero, día tras día, sin sentir realmente, sin ver realmente. Porque tus ojos no pueden ver por la ventana. Hay un ladrillo ahí, ¿recuerdas? Pero ahora tu corazón ha despertado y estás listo para encontrarte contigo mismo.

-Es cierto, pequeña, has despertado mi alma apagada y mustia.

-Es un primer paso, ¿sabes? Y ahora debes prometerme dos cosas. Cuando te encuentres contigo mismo, primero, mantendrás tu corazón abierto a los milagros y, segundo, no verás con ojos de adulto lo inexplicable.

-Te lo prometo.

-Muy bien. Ya he cumplido mi papel. Ahora debo marcharme.

-No, Annie, no me abandones. Por favor.

-Lo siento, tío. Me encantaría quedarme contigo, pero está decidido. Sólo quiero que sepas que te amo y que la decisión de marcharme obedeció a un llamado. Mi tiempo en este mundo terminó. Finalmente encontré las respuestas que estaba buscando. Así que todo llegó a su fin. Sin drama, sin dolor. Encontré la paz y no quiero arruinarlo. Ahora debo continuar mi camino.

El cuerpo de Annie se había convertido en una crisálida, en medio de aquella habitación rodeada de estrellas. Vi reverberar las protuberancias de su espalda, y desgarrarse, para abrir paso a la luz. Y de allí brotaron dos pequeñas alas de mariposa, azules y blancas, que fueron creciendo en la inmensidad de la noche, hasta extenderse y aletear en el viento infinito. La vi abandonar su cuerpo de niña, como las millones de criaturas que habitaron este mundo, y volar hacia la ventana en la que fulguraba la luna. La vi ascender al cielo, y volar, mientras me lanzaba una última mirada repleta de amor y de paz. Y me dijo adiós con su pequeña mano que brillaba como luciérnaga encantada, para perderse finalmente en la luz eterna de la luna.

Mi corazón estaba abierto y lloraba. El cuerpecito pequeño y frío de Annie, el caparazón que habitó en su paso por este mundo, yacía entre mis brazos. Pero ella ya no estaba allí.

26

Mark conducía la van, mientras Tanya dormía plácidamente sobre su hombro. Atrás dormían George y Michael. Y más atrás dormían los instrumentos en aquella calurosa noche de diciembre. Atravesábamos una interminable carretera con rumbo a nuestro próximo concierto. Yo, sentado junto a Tanya, contemplaba las estrellas rutilantes en el firmamento negro y espeso. Fumaba mi cigarrillo, mientras la luna nos seguía de cerca.

De repente escuchamos aquella canción en la radio, "La niña con alas de mariposa", una de aquellas que sabíamos nunca se convertirían en un éxito comercial. Sí lo había hecho "Nunca me abandones", el tema escrito por George. A Mark no parecía importarle. La profecía de que una pequeña tribu se forjaría al calor de las poesías de Mark se había cumplido a cabalidad. Y él parecía haber aceptado ese tácito pacto con la música, en el que aceptaba toda la mierda superficial a cambio de salvar la vida de al menos una persona.

-Todo el mundo cambia cuando una sola persona cambia –decía.

Y era verdad. Recibía cientos de correos electrónicos y mensajes en las redes de gente que no sólo le preguntaba por el sentido de sus canciones, o le decían que habían encontrado algo de propósito y sentido gracias a sus letras, sino también que les había inspirado a vivir de una forma diferente.

Ninguno de los temas alcanzó siquiera los primeros veinte lugares de los listados, sin embargo. Creo que fue porque las letras eran menos desgarradas y viscerales. Tal vez más poéticas y filosóficas. Y esto es algo que no funciona muy bien en términos comerciales. Pero habíamos ganado una pequeña popularidad y el arte de Mark era respetado.

El todo es que sólo íbamos despiertos Mark y yo, en silencio, escuchando lo que la emisora tenía que decirnos. Y entonces lo vimos a lo lejos. Se arrastraba en medio de la carretera penosamente. Mark detuvo la van a un lado del camino y se bajó. Tanya abrió los ojos y se quedó contemplando la escena como si todavía no entendiera lo que estaba ocurriendo. Yo me bajé también, y en eso ya Mark se había arrodillado a su lado. El perro aullaba de dolor. Una de sus patas traseras estaba totalmente aplastada y chorreaba sangre a borbotones. Mark trató de ayudarlo, pero el perro le mordió la mano.

-Vamos, chico –le dijo Mark dulcemente-, déjame llevarte a un doctor.

El animal se echó de costado y emitió un quejido inefable, como todos los lamentos del mundo aunados, clamando al cielo por una razón. Pero el cielo se quedó callado. Y, exhalando por última vez, se apagó en el estertor de la noche.

-¡Malditos! –gritó Mark. Abrazó al pobre animal, manchándose de su sangre, y sus lágrimas corrieron mientras gemía como un niño. Tuvimos que levantarlo entre Michael y yo, para ponerlo a un lado del camino, no fuera que un auto lo matara también. Tanya se sentó a su lado y lo abrazó. George envolvió al perro en una cobija y lo puso en la parte de atrás de la van.

-Quiero enterrarlo –dijo.

-No tenemos una pala –le dije-, tendremos que encontrar una en algún lado.

Subimos a la van, Tanya y Mark se sentaron en la silla de atrás, y yo me hice al volante. Conduje por aquella carretera que atravesaba el desierto, hasta que en la madrugada vimos una pequeña casa de madera a un lado del camino. Nos detuvimos y George se bajó y empezó a gritar:

-Hola, ¿hay alguien aquí?

Al rato un hombre viejo vestido como un jornalero salió con una escopeta en la mano.

-¿Quién anda ahí? –preguntó.

-Venimos en son de paz. Necesitamos ayuda.

El viejo nos miró por un rato.

-¿Qué es lo que quieren?

-Una pala. Para enterrar un perro atropellado que encontramo en el camino.

-Pasa todas las semanas. Pero la gente los deja tirados, pudriéndose en la carretera, para que se los coman los buitres. Esperen ahí un momento.

El viejo entró a su casa y al rato salió con la pala en una mano y la escopeta terciada sobre su hombro derecho. George recibió la pala y la entregó a Mark.

-Pueden enterrarlo ahí, si quieren –dijo el viejo, apuntando con el dedo a un espacio en la tierra.

-Gracias, señor –exclamó Mark y, tomando la pala con sus dos manos, empezó a cavar el hoyo.

Michael trajo el cadáver y lo depositó en el agujero. Mark lo cubrió con tierra y luego se sentó a su lado.

-No te aflijas tanto, hijo, el mundo es duro, siempre lo fue, y siempre lo será –le dijo el viejo.

El viejo entró en su casa y un rato después salió con su mujer, que llevaba pocillos metálicos y una jarra en la mano.

-Tomen algo de café, muchachos. A dónde quiera que vayan, les falta mucho trecho.

Me senté junto a Mark, y le puse una mano en el hombro. Tanya recogió los pocillos y se fue con la mujer para ayudarle a llevarlos a la casa.

-¿Te sientes mejor? –le pregunté a Mark en voz baja.

-No sé si pueda soportarlo, Andrew. Todo el dolor. No sabes las cosas que la gente me escribe. Es terrible. Este mundo.

Y esta fue otra señal que dejé pasar, pensando que Mark era el hombre más fuerte del mundo. Una de tantas señales que se irían acumulando y que no sabía hasta qué punto empujaban al abismo a su alma atormentada.

Reluciente mariposa
De alas coloridas
Se posa sobre mi mano
Para lamer mis heridas
Flota en el viento, y pregunto
Si en el valle hay tantas flores
Azules y blancas
Rojas, negras
Y de todos los colores
Por qué en esta estéril roca
Tan mustia y seca, dolorida
Como un alma atribulada
Por las maldades unidas
Se detiene
Oh, ángel de hojas
Se posa sobre mi mano
Acaso sea que las mariposas
Son las que engendran vida
Las que siembran los caminos
En las tormentas calladas
Y no es que beban el néctar
De mis manos infecundas
Sino que inyectan color
A esta alma moribunda

TERCERA PARTE

LA BALADA DEL SENTIDO DE LA VIDA

El niño me miraba fijamente con sus pequeños ojos acuosos.

-Llévame a la orilla–dijo.

Flotábamos sobre las oscuras aguas de la noche. El terso rumor de las olas inundaba mi espíritu de una insondable paz.

-¿Mark? –le pregunté.

-No. No soy Mark.

-¿Entonces quién eres, niño?

-Soy tú.

-¿Yo? ¿Qué dices?

-Sí, aunque no exactamente tú, sino una parte de ti. Soy el niño que vive en ti, el que fuiste alguna vez y ahora has olvidado.

-Pero...

-Ya deja de hacer preguntas y llévame al otro lado –respondió, señalando con el dedo hacia la luna.

-De acuerdo –dije, y empecé a remar hacia la luz. Todo me parecía misterioso pero al mismo tiempo natural, como en los sueños, donde lo irreal se viste con las ropas de lo cotidiano.

Al rato le pregunté:

-¿A dónde vamos?

-A la orilla, ya te dije.

-¿Y qué hay del otro lado?

-Ya lo verás.

Seguí remando. La luz encandilaba mis ojos con sus destellos lunares. Al acercarnos, vi la luna sumergida hasta la mitad en el agua Entonces el niño estiró la mano y atravesó la cáscara de la luna como s estuviese hecha de luz.

-Lo que vemos no es la luna, ¿sabes?, sino su reflejo proyectado en nuestros ojos –se apresuró a decir.

Nos vimos bañados en luz amarilla. Cuando atravesamos su reflejo, vislumbré a lo lejos la orilla de una playa. Seguí remando en esa dirección, hasta que arribamos. Las olas golpeaban el bote y lo mecían con suavidad. Desembarcamos. Sentí el frío del agua en mis pies mientras empujaba el bote hacia la orilla.

-Quítate los zapatos –ordenó vehementemente el niño.

Obedecí. Parecía muy confiado. Pero yo todavía me sentía desorientado.

-No te preocupes –replicó a mis pensamientos-, yo voy a guiarte. Quédate aquí, no te muevas.

Me senté sobre la arena, fría y húmeda a esa hora de la noche. Sentí los diminutos granos de arena adheridos a mis dedos, que brillaban por el resplandor de la luna.

Al rato volvió el niño con ramas secas que había encontrado en la selva. Apiló la madera y, frotándola, encendió una hoguera. "Qué prácticos son los niños", pensé.

-¡Ya está! –celebró-, ahora podemos calentarnos y descansar.

Yo tiritaba de frío debido a la helada brisa marina que enfriaba mi ropa. Me recosté junto a la hoguera y, poco a poco, el calor fue penetrando en mi cuerpo.

-Hasta mañana –se despidió el niño.

-Buena noche –susurré.

El cansancio me había colmado. Puse las manos detrás de mi cabeza y, arrullado por el susurro de las olas y las titilantes estrellas que se acercaban curiosas para mirarnos, fui cerrando mis ojos, hasta caer en un sueño viscoso, pacífico, profundo.

Poco después de haber encontrado a su padre biológico, unas pequeñas protuberancias en forma de capullo brotaron en los omoplatos de Mark.

Aquello fue unas semanas después de que, en medio de la grabación de nuestro tercer disco, estalló y dejó la banda para nunca más volver.

No sabía que finalmente había hallado a su padre, no sabía que había llevado a Tanya y a su madre a vivir en nuestra antigua casa, en la que compartimos nuestra juventud.

¿Qué habló con aquel hombre?, es un misterio. Sólo espero que la conversación que sostuvieron haya zanjado las interrogantes que Mark llevó sobre sus hombros durante su atormentada existencia. Que al fin haya podido librarse de esa carga.

Así que, tal vez, aquella enfermedad emergió cuando fue alcanzado por la verdad. Y cuando vio sus alas de ángel, voló lejos, muy lejos, más allá del mundo, donde el dolor de la existencia no podía alcanzarlo.

-¡Despierta!

Abrí mis ojos. Por un instante vislumbré cómo las estrellas se alejaban en el firmamento hacia los confines del mundo, arrastradas por la luz de la alborada.

El niño estaba de pie, a mi lado, con las manos en la cintura. Llevaba unos raídos pantalones de pescador y el torso desnudo.

-¡Levántate, vamos!

Me puse en pie. Los rayos del sol fueron escalando la bóveda celeste hasta colmarlo todo a nuestro alrededor.

-¡Vamos a jugar!

-¿A jugar? ¿A jugar a qué?

-¿Nunca has jugado al juego de la piedra?

-No lo creo.

-Claro que sí, haz un esfuerzo por recordar.

(Y me vi sumergido en el agua de un río, aguantando la respiración, mientras mi padre contaba los segundos y yo escuchaba su voz distorsionada por la espesura del agua).

-Oh, sí, ahora recuerdo.

-Pues bien, vamos al agua, vamos a jugar a que somos piedras, y el primero que salga, pierde.

Corrió hacia el mar y se zambulló en la primera ola que vino a su encuentro. Yo lo seguí despacio, sin emoción, como hacemos los adultos cuando seguimos la fantasía de un niño. Comprobé que el agua estaba helada. La espuma le daba un tono blanco a la superficie. Seguí avanzando lentamente, entrando en el mar con precaución, mientras mi cuerpo se adaptaba al frío. Hojas de alga verdosas se enredaban en mis manos.

Cuando estuve inmerso hasta la cintura, me arrodillé para sumergir el resto de mi cuerpo. Sentí un millón de agujas de hielo punzando mi piel. Salté. La brisa helaba el agua que seguía adherida a mis poros.

-¡Muy bien! –gritó el niño-. Ya estás listo. Pon atención. A la cuenta de tres vas a volver a sumergirte, y vas a abrazar tus piernas hasta convertirte en una piedra, ¿de acuerdo? Y cuando toques la arena, te quedas allí hasta que tengas que salir a respirar.

Asentí con la cabeza. No entendía bien por qué debía hacer algo así, pero desde que me convertí en adulto, hacía las cosas sin creer mucho en ellas, dejando que me arrastraran los vientos del azar. Y de este modo iba por el mundo, siguiendo los pasos que otros me marcaban, incrédulo e indiferente a la vez, incapaz de trazar mi propio destino.

El niño tomó una bocanada de aire, infló sus mejillas y se tapó la nariz con dos dedos. Acto seguido se hundió en el agua, desapareciendo bajo la espuma. Me quedé un minuto cavilando sobre todo aquello. Una ola arrasó la espuma y me dejó ver el fondo de arena tras el cristal líquido. El niño no estaba allí. Asombrado, inflé mis pulmones a su máxima capacidad y me sumí en el mar.

Por una magia inverosímil, mis extremidades se fueron calcificando, y luego el tórax, el corazón, y finalmente la cabeza.

Me había convertido en una piedra.

Y caí por el abismo de las aguas, hasta el umbrío final que era la infinita arena.

No puedo precisar cuánto tiempo pasé en aquel estado, pero debió ser por miles o millones de años. Al principio, la marea me arrastraba de un lado a otro, a veces a lo más profundo del mar, donde reina la soledad más oscura, a veces a la orilla, en la frontera con la tierra, para luego tragarme de nuevo. Después vi corales crecer a mí alrededor. Vi mis componentes deshacerse por la alquimia de los días. Vi mi cuerpo de minerales desintegrarse y fundirse con los elementos del todo para formarme de nuevo en otro caparazón. Fui tragado y excretado por peces y animales desconocidos. Fui empujado de aquí para allá, mientras la vida bullía frenética en su loca carrera por transformarse y sobrevivir. Yo seguía incólume, por los siglos de los siglos, viendo todo pasar, el mar calmo y alebrestado, la luz brillante del sol que traspasaba las aguas y me acariciaba para luego marcharse y dejarlo todo en la más umbría y sólida noche. A veces las arenas me cubrían dejándome ciego por segundos infinitos, sumergido en la habitación donde el tiempo duerme, esperando pacientemente a que el mundo volviera a desenterrarme. Y luego, cuando esto ocurría, sentía una profunda felicidad, por el simple hecho de existir, de ser un ente en la perpetua variedad del universo. Escuché cantos de delfines, cantos de ballenas y cantos de sirenas. Olí la sangre de víctimas que engordaban los vientres de los tiburones y las mantarrayas. Presencié las luchas de espadas de los crustáceos, los amores furtivos de las anguilas, la curiosidad de los pulpos que me palpaban con sus tentáculos. Vi el esplendor y la decadencia de civilizaciones marinas. Vi el primer soplo de la vida brotar en la ebullición de un caldo químico. Vi la vida multiplicarse y devorarse y morir y nacer de nuevo una y dos y mil y un millón de veces, hasta hacerse bacteria, alga y dinosaurio. Todo esto vi, y luego todo se fue apagando, lentamente. El mundo se fue desvaneciendo hasta que sólo fui una piedra, de nuevo, y el mar me escupió a la playa.

-¡Eh! –protestó el niño-, te dije que cuando se te acabara el aire tenías que salir, no que te quedaras allí hasta ahogarte sólo para ganar.

-Es que no podía salir. Era una piedra.

-Sí, sí, de eso se trata el juego, pero si no te saco de allí te mueres ahogado. ¿Por qué los adultos no saben jugar a nada que no sea el juego de ganar?

Más tarde el niño trajo dos pescados que capturó con un arpón improvisado con una vara de madera. Envolvió los peces en hojas de palma y los enterró en la arena. Luego puso brasas de la fogata encima. Al rato estuvieron cocinados y los comimos.

-Este pez que estoy comiendo está hecho de restos de asteroides y estrellas milenarias -murmuré.

-Ah, te has puesto serio. Siempre pasa después de jugar a la piedra. Es un juego que te hace pensar, ¿sabes?

-Sí, vi tantas cosas que no pude evitar pensar en Mark. Aluna vez dijo que la existencia no tiene sentido.

-Claro que tiene sentido —su expresión de repente se volvió adusta-. ¿Qué estupidez es esa?

-¿Quieres decir, dudar del sentido de las cosas?

-No, claro que no. Puedes cuestionarte sobre el sentido, pero no debes perder de vista que simplemente "somos". Y que en el ser está el sentido de todo. El sentido de la vida es vivir. Así de simple. —al ver mi rostro de cinismo se detuvo por una milésima de segundo-. ¿Te parece poca cosa? Venimos a vivir la experiencia de ser humanos, con todo lo que ello conlleva. ¿Para qué está una piedra puesta en el mundo? Pues para ser piedra. Y así como la existencia de una piedra consiste en estar, rodar, ser empujada por las olas, resquebrajada por el viento, deshacerse y convertirse quizás, en la concha de un caracol, así la vida humana existe con el propósito de ser vivida.

-Eres un niño y hablas como un filósofo —me burlé.

-Yo soy tú, recuerda, y todos llevamos un sabio en nuestro interior. Sólo que con el paso de los años la sabiduría es eclipsada por el ruido del mundo.

-Está bien, no te enojes porque sea escéptico. Lo que ocurre es que la frase de Mark tenía relación con otra cosa, con la precariedad de la existencia, su carácter finito.

-Oh, sí, pero la angustia es una invención humana. Y lo es por nuestra perspectiva sobre la muerte. Olvidamos que somos eternos porque hacemos parte del todo. Esa es nuestra forma de eternidad. Ser parte del todo que muta incesablemente pero a la vez permanece inmutable. Esta forma de existencia debería ser suficiente para vivir con alegría. Lo es para las piedras. Hasta las piedras se desmoronan, ¿sabes? Pero prosiguen sin angustia su viaje en el océano del tiempo.

-Bueno, entonces, ¿para qué vivimos si hemos de morir?

-Ya te lo dije: la piedra existe para ser piedra. La existencia humana, por otra parte, si bien finita, es abismalmente más rica que cualquier otra. Amar, odiar, sufrir, llorar, reír, aspirar el olor del bosque húmedo, sentir el dulce del vino y la sal del mar, el placer y el dolor, la envidia en la piel del corazón; aborrecer la maldad del mundo y admirar la bondad anónima, la cobardía y el arrojo; luchar, huir, reflexionar, ser hijo, padre, hermano, hombre o mujer, vil o magnánimo, pobre o rico, en cualquier caso, todo eso es ser humano. Ser, simplemente ser, ese es el sentido de todo. Si la experiencia humana no constituye sentido en sí misma, entonces nada lo tiene.

-Tal vez sea cierto —susurré, y luego nos quedamos en silencio.

Más tarde las lenguas del sol se fueron retirando del horizonte.

-Vamos, que es hora de descansar —dijo el niño.

4

Tanya falleció unos meses después, de una sobredosis. Cuando por sus pertenencias, encontré poemas de Mark escritos en servilletas, hojas arrancadas de cuadernos e incluso en la pared de la habitación. Comprendí que se habían conocido en la clínica de rehabilitación. Todo el misterio alrededor de Tanya, deduje, había sido un esfuerzo por protegerla de los juicios de la gente. Había batallado duramente contra la adicción a la heroína. El cariño de Mark, quien siguió visitándola luego de rehabilitarse, le imbuyó fuerza. Aferrada a ese amor logró librarse, temporalmente, de aquella feroz esclavitud.

Compartieron juntos un tiempo feliz, un tiempo corto, como son todos los tiempos felices. Los demás sólo fuimos espectadores ignorantes de la historia que ambos habían vivido.

Parece que nunca conocemos completamente a los demás, su leyenda personal, sus contiendas, demonios y miedos. Vemos la máscara con la que se presentan ante el mundo, y teorizamos, a merced de nuestros prejuicios, sobre lo que son.

El Director de la clínica, quien conocía su historia, me contó que Tanya también había sido huérfana y vivido en las calles. También había sufrido el dolor del abandono. Así que Mark y ella tenían un tortuoso pasado en común. El sufrimiento y la lucha por la vida los juntó. Sabe Dios que pocas veces encontramos comprensión en nuestra existencia, y cuando al fin alguien reconoce lo que somos, entonces, sólo entonces, vislumbramos que hay otra alma destinada a nosotros.

Por eso no puedo juzgarlos. Mark y Tanya fueron seres que iluminaron el mundo. Y las luces más brillantes, cuando se proyectan al mundo, producen largas sombras.

A veces imagino la perplejidad de Tanya cuando Mark le habló de su deseo de elevarse al cielo. Luego pienso que tal vez fue su cómplice ¿Cuál fue el papel de Tanya en el suicidio de Mark? Nunca lo sabré. Su hermetismo no me permitió atisbar la verdad. Será otra de las incógnitas que me llevaré a la tumba. Lo único seguro es que ella jamás lo juzgó.

Otra gran incógnita, algo que nunca sabré, es si realmente Annie fue hija biológica de mi hermano. Lo fuere o no, yo la amé. Me hizo prometerle que mantendría mi corazón abierto a los milagros y que no vería el misterio con mis ciegos ojos de adulto.

Tanya alguna vez me contó esta historia: estuvo embarazada y luego tuvo un sangrado, que los médicos decretaron como una pérdida. Fue una pérdida enorme, se habían hecho ilusiones de traer vida a este mundo y formar una familia. Luego de la muerte de Mark, mucho tiempo después como para que fuese posible, al menos desde el punto de vista biológico, su embarazo se reanudó. Mágicamente, si se quiere.

A veces me asaltan las suspicacias. A veces me pregunto, por otra parte, si es posible que Annie y Mark padecieran aquella misma extraña enfermedad, sin ser padre e hija. O si, como Gea, Tanya fue capaz de procrear sin la ayuda de un hombre.

En fin, esta fue la versión de los hechos de Tanya y no tiene sentido seguir dando vueltas acerca de ello.

No es de humanos aceptar la incertidumbre, vivir sin respuestas. Sólo los idiotas andan por la vida sin hacerse preguntas. (Tal vez sean las personas más sabias del mundo). Son tantas las interrogantes y tan pocas las contestaciones que más me vale seguir adelante, como bien hacen los idiotas.

En cuanto a la recaída de Tanya, no hay mucho que decir. Una consecuencia de la brutal partida de Annie. Tan imprevista y devastadora como la creciente de un río que arrastra todo a su paso. Ante una tragedia semejante, que sólo entienden quienes han perdido un hijo, el que Tanya se haya refugiado de nuevo en el pandemonio de las drogas es algo doloroso pero que puedo comprender.

El día que enterramos a Annie, Laura pasó a darme el pésame. La saludé de mano y luego me aparté. Estaba destrozado y no podía pensar en otra cosa que en Tanya. La vi resquebrajarse mientras el ataúd descendía al foso, hacia lo más profundo de la tierra. Cuando todo terminó, me dio un abrazo lleno de dolor.

-Gracias por todo, Andrew. Adiós —me susurró al oído.

Y se marchó, solitaria, por los senderos de las tumbas del cementerio.

Sentí que su gesto era algo definitivo, así que no me atreví a seguirla. George y Michael, que también hicieron presencia, me llevaron a un bar cuando todo terminó. Bebimos unas cervezas y hablamos de todo un poco. Procuré no mostrarme afectado, aunque estaba totalmente roto por dentro. Más tarde, cuando regresé a casa, Tanya se había marchado, y ya nunca más la volví a ver con vida.

5

-¡Despierta!

Una llovizna delicada caía sobre mi rostro. Gotas diminutas, microscópicas, mojaban mis párpados suavemente. Las nubes en el cielo estaban grises y repletas de agua. Pero aún no se decidían a abrir sus grifos. Era una mañana nublada, de esas que entristecen el espíritu.

-Levántate, vamos, que el tiempo es corto.

-¿Dónde estamos?

-En la cima del mundo.

Efectivamente, al mirar a mí alrededor, noté que estábamos sobre la cumbre de una altísima montaña. Desde allí podía ver los continentes, sus cordilleras y volcanes.

-Vaya, estamos muy arriba –susurré.

Las nubes, empujadas por el viento, pasaban rozando nuestras cabezas. Nos hallábamos sobre una plataforma hecha de piedras grises y blancas. Pequeñas hierbas se asomaban entre los resquicios de las rocas.

-Ven –ordenó el niño, desde el borde de la cima, que era una saliente de roca parecida a un trampolín.

Caminé hacia él, cautelosamente. Al llegar a su lado miré hacia abajo, hacia el oscuro abismo. El vértigo me hizo dar un paso hacia atrás. Al fondo, muy cerca del centro de la tierra, se veía la selva negra y compacta; más allá, el mar.

Nos sentamos al borde de la plataforma de piedra, con los pies flotando en el aire.

-¿Sabes algo? –dijo el niño-, te he estado observando. Siempre estás dormido.

-¿A qué te refieres?

-Que siempre estás perdido en tus pensamientos. Siempre preocupado por cosas que ya pasaron, o que no han pasado aún. Pero nunca estás presente, sino en otro lugar, en otra dimensión. Como un sonámbulo, despierto apenas lo suficiente como para seguir vivo.

-¿Y qué se supone que debo hacer?

-Debes darte cuenta de que somos eternos viajeros del tiempo. De eso se trata vivir.

-No entiendo a qué te refieres.

-Es como cuando viajas en tren, pero en vez de estar despierto durante el viaje te quedas dormido, leyendo el libro del pasado y la profecía del futuro.

-Oh, creo que sé de qué me hablas. Pero no lo puedo evitar. Los pensamientos vienen a mí, como el agua de una cascada inagotable. No sé cómo detenerlos.

-Es muy fácil, realmente. Debes ser como el viento. Tienes que entender que en el pasado y el futuro sólo existe la muerte. Pero la vida sólo existe ahora. Y para verlo debes despertar, abrir los ojos y entregarte.

-Hablas de forma abstracta.

-No te preocupes, Para eso vamos a jugar el juego del viento.

-¿El juego del viento?

-No me digas que nunca jugaste a ser el viento.

-Bueno, jugué a ser un avión o un águila, tal vez.

-Es algo diferente. El viento no necesita alas para volar. Simplemente es elevado por las fuerzas de la naturaleza. Y se deja llevar.

-¿Entonces me debo lanzar a este abismo, al Tártaro?

-No precisamente. Sólo debes pararte en la orilla, cerrar los ojos, extender los brazos y sentir que eres el viento.

-Oh, sentir que soy el viento... Muy fácil. Creo que moriré.

-No, sólo caerás si en realidad no sientes que eres el viento. Pero si lo crees con cada partícula de tu ser, tus pies se elevarán del suelo y volarás.

-Está bien, entonces muéstrame cómo hacerlo.

El niño acercó las puntas de sus pies al borde del peñasco, extendió los brazos y susurró: "Soy el viento". Estuvo así un rato, mientras la brisa marina jugueteaba con su pelo. De repente, sus pies se despegaron del suelo, y flotó.

-¡Vamos! —exclamó la voz del niño.

Cerré mis ojos y extendí los brazos. "Soy el viento", pensé. El aire límpido de las montañas llenaba mis pulmones. Por un segundo sentí que flotaba. Una voz, sin embargo, la asustadiza voz de mi inconsciente, sintió miedo. "Cuidado", murmuró. Caí de golpe y perdí el equilibrio. Al abrir los ojos vi el horripilante despeñadero. El niño me tomó de un brazo y me jaló hacia atrás.

-Eh, qué haces.

-No creo que pueda hacerlo.

-Claro que puedes. Sólo necesitas relajarte y dejarte llevar.

-No puedo. Lo siento.

-Ven, toma mi mano, te ayudaré.

Al tomar su mano me sentí reconfortado, como si fuera niño otra vez.

-Cierra los ojos —dijo-. Ahora respira profundamente, imagina que por tus fosas nasales entra el viento, y cuando exhalas sale de ti todo el peso que estás cargando, el dolor, el miedo, que son como rocas atadas a tus pies que no te dejan volar. Y te haces más liviano. Respira. Respira. Respira.

Mi mente, otrora alebrestada como un caballo nervioso, empezó a tranquilizarse.

-Olvida todo, el mundo, las palabras, los pensamientos. Sigue llenándote de aire. Lentamente, hasta que no quede más que aire en ti.

Y entonces lo sentí. Mi piel era de viento, mis ojos de viento, mi corazón de viento. Mis zapatos de viento. Abandoné mi cuerpo y floté, como un espíritu.

Cuando era niño, en las noches, solía soñar que volaba. Luego crecí y esos sueños se desvanecieron, no regresaron nunca más. Ahora esa misma sensación despertaba en mí de nuevo. Me fui elevando poco a poco, más arriba de los picos más altos, hasta ascender al éter, la parte más alta del mundo. Entonces las gaviotas del viento me arrastraron con ellas.

Flui.

Fue entonces cuando comenzó mi viaje. Es difícil explicarlo. Las nubes deambulaban sobre la pradera del cielo, y yo, como un pastor, las arreaba con mi soplo. Recorrí junto a ellas las planicies de la tierra, descendiendo a veces para acariciar los campos de trigo y de maíz, y hacer que las copas de los árboles danzaran a mi paso. Yo era la música, el silbido que cantaba entre las ramas. En la primavera, recogía los granos de polen de las flores coloridas y los esparcía aquí y allá, fertilizando la sustancia de la vida. En el invierno, barría los copos de nieve y los empujaba contra las narices de los hombres, para luego arremolinarlos hasta vestir de blanco los picos de las montañas. Qué hermoso me resultaba todo aquello desde arriba, e incluso cuando bajaba a la tierra y me entretenía haciendo un remolino con arena, o jugueteando con un trozo de papel, llevándolo de un lado a otro como si, indeciso de su rumbo, se dejase arrastrar. Más tarde visité los océanos inmortales y me llené de olor a sal. Sobre las vastas aguas navegaba hasta encontrar un pequeño velero, al cual empujaba soplando sobre su tela. Las risas de los marineros me atravesaban y se perdían a lo lejos. Cuando me aburría, volvía a elevarme hasta encontrar un pájaro que extendía sus alas, y yo soplaba para sostenerlo, para fijarlo en la inmensidad mientras sus ojos se conmovían ante la majestuosa belleza planetaria.

Tantas cosas contemplé. Porque el oficio del viento no es otro que recorrer la faz de la tierra y admirarla. Entendí que el mundo es hermoso, después de todo.

Luego sentí sueño, así que regresé al pico de la montaña donde me esperaba el niño. Me recosté sobre la piedra y escuché que me decía:

-El viento es un ave inmaterial que vuela sobre el mundo contemplando su belleza.

-¿Por qué jugamos al viento? –murmuré.

-Para que recuerdes que vivir es un milagro improbable, que nuestra conciencia es transitoria, que contemplar el mundo es un don y un prodigio tan excepcional e inconcebible, que deberíamos extasiarnos por el solo hecho de abrir los ojos cada mañana. Eso, en vez de afligirnos por las vanas circunstancias de la vida que tanto nos atormentan. Cada mañana, despertamos del profundo silencio del universo, y la flor de la existencia se abre ante nosotros. Esa oportunidad, esa única e inverosímil oportunidad, debería ser suficiente para vivir.

Como me veía inquieto, el niño posó una mano sobre mi cabeza, y tarareó una canción, para ayudarme a descansar. Continuó:

-Somos la única especie sobre el planeta que es consciente de su existencia, de su mortalidad, que se hace preguntas. Somos la única especie capaz de meditar y filosofar sobre el mundo. Debemos honrar ese don. Venimos a contemplar la inmensidad y majestuosidad de la existencia, como el viento y el ave. Esto debería ser suficiente para vivir.

El cansancio me venció. Cerré los ojos y me sumí de nuevo en la umbría habitación de Morfeo.

6

La historia se repite, con pequeñas variaciones, las cuales nos hacen creer que realmente existe la libertad, que nada está escrito de antemano. Por eso, cuando redundamos en los mismos acontecimientos, enmascarados bajo la forma de nuevas situaciones y personas, ignoramos que en realidad encarnamos los capítulos de un teatro escrito desde el principio de los tiempos.

Así acaeció cuando decidimos grabar un nuevo álbum. Me refiero con esto a los hechos repetitivos, como el aislamiento creativo de Mark, las disputas con nuestro sello discográfico, las estúpidas ambiciones de Michael.

Pero algo trascendental había cambiado en el guion de la obra. Como si la repetición de la historia, esa especie de eterno retorno conformado por nuestros vulgares y mundanos acontecimientos, se fuera acumulando, llevándonos al clímax, donde todo se destruye para crear un nuevo ciclo.

Por ejemplo, en las sesiones de grabación, luego de terminar una toma, Mark preguntaba a Tanya si le complacía y estaba de acuerdo, a lo que Michael y George entornaban los ojos. Hasta que un día Mark estalló.

-Eh, qué pasa, Michael —vociferó. Él, en un principio atolondrado, reaccionó un instante después:

-Pasa que Yoko no hace parte de la banda. Estamos hartos de que le preguntes a ella como si su criterio tuviera alguna importancia.

-Claro que hace parte de la banda. Si no te gusta, ahí está la puerta —y habiendo dicho esto, nos miró a George y a mí. Pero ambos nos quedamos callados.

-¿Así son las cosas? —dijo, y agarró a Tanya del brazo-. Vámonos.

De alguna forma yo estaba de acuerdo con Michael. No era correcto que Mark decidiera con Tanya el tono del disco y nos hiciera a un lado a los demás. Algunas canciones, por otra parte, no eran adecuadas comercialmente para incluir en el nuevo álbum. En eso

Michael tenía razón. Eran temas demasiado vanguardistas, con armonías distónicas y tiempos intrincados, que no sonaban a música.

Michael reclamaba más protagonismo en la producción del disco, poder tocar algún solo, incluir una de sus nuevas composiciones. Me parecía justo. Éramos una banda, a fin de cuentas. Y George quería un sonido más duro, menos melancólico, tal vez.

Me costó trabajo tranquilizar a Mark. Desde su punto de vista nos estábamos desviando artísticamente. Tenía algo entre manos. Quería escribir, según él, una extensa canción que denominaría "La Balada del Sentido de la Vida". En esta canción plasmaría el verdadero propósito de la existencia. Mencionó que había escrito algunos versos en los que denunciaba que la humanidad había extraviado el sentido. Nunca llegó a mostrar a nadie esta canción, si es que algún día la culminó. Tampoco la encontré en las partituras y grabaciones que dejó.

Luego de varios días en los que tuvo tiempo para calmarse, aceptó excluir a Tanya de las sesiones en el estudio. Fue un sacrificio muy grande para él. También accedió a que dos o tres canciones de los chicos fueran incluidas en el nuevo álbum. Y que George y Michael tocaran en las grabaciones. Estas concesiones las hizo luego de que le dijera que éramos una familia, y que más importante que el arte era estar unidos.

Este fue el inicio del desastre. Michael lo interpretó como una suerte de victoria, en detrimento de la autoridad de Mark. George, en su infantil estupidez, se sintió libre de hacer bromas, improvisando ritmos de polka o marchas militares cuando debía hacer un solo, y cosas así. La paciencia de Mark iba colmándose poco a poco.

Una noche, luego de dos meses en el estudio, Mark y yo salimos a fumar en la calle. Al regresar, escuchamos las risas de George y Michael versionando satíricamente una de las nuevas canciones de Mark. Temí que se pondría como un endemoniado, pero a cambio, entró improvisando versos en estilo libre en los que se burlaba de un par de músicos sin talento cuya única ambición era componer temas estúpidos, drogarse y dormir con zorras que les contagiarían herpes. No conocía ese lado irónico de mi hermano. Los chicos quedaron petrificados. Quedó claro que no tenían el talante ni las agallas para enfrentarse a Mark.

Esa misma noche le dijo a Michael que de ninguna manera aceptaría incluir sus canciones basura estilo "Cherry Pie" en el álbum. Esta vez fue Michael quien abandonó el estudio. Pero al día siguiente volvió como si nada hubiera pasado. Tenía una extraña sonrisa en la cara. Al rato nos enteramos de que había subido los demos a YouTube, y una declaración en la que decía que Mark era un drogadicto arrogante con ínfulas de Mozart pero que no era capaz de escribir una canción profunda y verdadera que conectara con el público.

Cuando Mark entró, vi el fuego en sus ojos. George intentó interponerse pero Mark lo derribó de un empujón. Michael alzó su guitarra como un bate de béisbol, pero Mark esquivó el golpe y le propinó un gancho en el mentón, dejándolo inconsciente en el piso del estudio. Luego arremetió contra la batería, los micrófonos y los amplificadores. Yo me había arrinconado en una esquina mientras su ira se extinguía. El sonidista y el productor estaban pasmados detrás del vidrio de aislamiento sonoro.

-!Malditos! –gritó Mark.

Cuando se hubo marchado, levantamos a Michael. Estuvo aturdido un buen rato. Cuando al fin recuperó el entendimiento, preguntó:

-¿Qué pasó?

-Te partieron la madre –dijo George riendo.

-¿Qué hiciste, Michael? No creo que esta vez vaya a regresar. Acabas de destruir la banda –le reclamé.

-No lo necesitamos –objetó.

Estaba equivocado. Mark informó a la disquera que dejaría la banda. Un par de días después nos notificaron que sin Mark el contrato quedaba cancelado y debíamos pagar en treinta días los costos de la producción fallida del disco.

Y de esta forma finalizó aquella etapa de nuestras vidas.

7

Conduje varios kilómetros hasta un lugar deshabitado, en medio de las montañas. Solíamos acampar allí mis padres, Mark y yo. Era algo que le gustaba hacer a papá. Adentrarse en la naturaleza y pasar allí días y noches, para recobrar la conexión con el universo.

Habían transcurrido ya algunos años. Un día recibí la llamada del cementerio, en la que me indicaron que la vigencia del contrato de arrendamiento del lote donde estaba enterrado Mark vencería en un par de meses. Tenía la opción de renovar el contrato o simplemente cremar sus restos. Me decanté por lo segundo.

Así que en el baúl llevaba la carpa, un sleeping bag y las cenizas de Mark, Tanya y Annie.

Llegué a aquel lugar desolado a la hora del ocaso. Dejé mi auto junto al camino destapado, y me adentré en el bosque. De vez en cuando se escuchaba el canto de un pájaro que surcaba el viento. Mis pies rompían y hacían crujir las ramas y el follaje seco que pisaba. Luego de dos horas de marcha, escuché el rumor del río. "Estoy cerca", pensé. Seguí caminando un tiempo más y al fin apareció aquel claro en medio de los árboles, desde el que se podía ver el agua bajando desde la montaña.

Descargué las cosas y fui hasta el río para llenar mi cantimplora. El agua era límpida, cristalina. Se podían ver las piedras en fondo. En la otra orilla se alzaba el bosque infinito.

Tomé un poco de agua y luego deambulé entre los árboles para recolectar un madera. Cuando tuve suficiente la apilé en el claro, y levanté la carpa a un lado. Estas tareas debieron tomarme un buen tiempo porque rápidamente empezó a oscurecer. Antes de que la noche se cerniera sobre el mundo, encendí la fogata y me senté sobre una piedra redonda, justo allí donde Mark tocaba su guitarra mientras mis padres y yo lo escuchábamos en silencio, arropados por el calor del fuego y la luz de las estrellas. Podía escuchar los acordes en mi cabeza, mientras recordaba aquellos años felices. Luego me dio hambre y destapé una lata de atún que me comí con tajadas de pan con mayonesa. Tomé otro poco de agua mientras contemplaba el firmamento plagado de diminutas luces blancas que titilaban desde lo más alto. Me recosté sobre la hierba y pensé en todo lo que había ocurrido. Desde la muerte de Tanya mis días transcurrían de forma rutinaria, vivía solo, de vez en cuando me encontraba con Michael y George y tocábamos en algún bar. Luego nos despedíamos para vernos unos meses después. Interpretaba el bajo para algún artista que había contratado a Michael como productor. Ese era todo mi contacto con las personas. Saludaba a los vecinos, a la cajera del supermercado, recibía una llamada de George. Ese era todo. Pero en realidad mi vida transcurría en mis pensamientos. También pasaba bastante tiempo en Internet aprendiendo a tocar la guitarra y el piano.

Mientras meditaba sobre lo que había hecho con mi vida empecé a sentir sueño. Puse un poco más de leña y me metí en el sleeping bag. Cerré la cremallera de la carpa y mis párpados cayeron como plomo.

Esa noche tuve sueños extraños. Soñé que las estrellas formaban el rostro del niño que había aparecido en lugar de Mark en la barca de aquel sueño que tuve la noche en que Annie nació. Su rostro me resultaba familiar y me hablaba en un lenguaje que no podía comprender.

En la mañana, al levantarme, vi que algún animal había roto la bolsa donde había guardado la lata de atún. Pequeñas huellas en la arena merodeaban alrededor de la carpa. Esto me recordó que no estaba sólo en la naturaleza. Debía tener cuidado, pues un animal hambriento de mayor tamaño podía aparecer. Lo mejor era terminar pronto con todo.

Preparé un poco de café y lo acompañé con tostadas y jamón. Habiendo desayunado, fui hasta el rio y me lavé la cara y las manos. Volví a la carpa y de mi maleta extraje los cofres con las cenizas. Abrí los cofres y enfrente puse cuatro bolsas. Con mis manos empecé a mezclar en cada bolsa, las cenizas de Annie, Tanya y Mark hasta que cada una quedó con una cantidad similar.

Vacié una de las bolsas en el río. El polvo blanco se mezcló con el agua, y se diluyó en la corriente apacible que viajaba hacia el mar.

Medité un poco allí, viendo el agua pasar, como metáfora del carácter transitorio y mutable de la existencia. Al final, las cenizas llegarían al océano, así como nuestra vida vuelve a la inmensidad una vez se apaga.

De regreso al campamento, cavé un pequeño hoyo junto a la piedra en la que Mark cantaba en las noches. Deposité allí el contenido de la segunda bolsa, para que las cenizas de las personas que más había amado en mi vida regresaran al polvo de la naturaleza con el que habían sido amoldados. Cubrí las cenizas con tierra negra y la aplasté con mis manos. Tal vez en aquel lugar crezca un árbol, algún día, pensé.

Guardé la tercera bolsa en una mochila y caminé rumbo a la montaña. Me costó un poco de trabajo ascender hasta la cima. Tuve que escalar algunos tramos de roca, aferrándome a los matorrales. Cuando llegué a la parte más alta, contemplé el sinuoso río que serpenteaba entre las montañas. Estuve allí unos minutos, aspirando el aire fresco. Cuando la brisa se hizo más fuerte, cogí puñados de ceniza y abrí las manos, dejando que el viento se las llevara en pequeñas nubes de polvo que se dispersaban a lo lejos. Pasé horas así, sentado, con las piernas cruzadas y embebido de paz. Imaginé las partículas de polvo en su viaje por el mundo, a bordo del viento, con destino a los confines más lejanos de la tierra. Recordé aquella canción, tal vez un poco filosófica, tal vez poética, que cantaba Mark hermosamente sobre la piedra. *Dust in the Wind*, sí, así se llama la canción. Parecía entrar en un trance cuando la interpretaba.

El regreso fue dificultoso por causa de la humedad. Cuando estuve cerca del campamento vi un pequeño zorro tratando de romper mi maleta para robar la comida. Cuando me acerqué un poco más, notó mi presencia y se escabulló velozmente entre los matorrales.

El animal acabó con el jamón y el queso. Había logrado abrir la pequeña nevera plástica. Sonreí. Hay algo que no es aire ni agua ni tierra ni fuego. ¿Será el espíritu? Es la vida, pensé. Somos más que elementos.

La hoguera se había apagado. Como la madera estaba húmeda, me tomó un buen tiempo encenderla de nuevo. Me puse ropa seca y destapé una lata de frijoles que calenté sobre el fuego para almorzar. La tarde cayó pronto. Tomé la última bolsa de cenizas y la dejé caer a pizcas sobre el fuego. Pasé horas repitiendo aquel procedimiento de tomar un puñado de cenizas y dejarlas caer de a poco sobre las llamas.

Cuando terminé, me sentí liberado. El cielo estaba despejado y la temperatura había subido. La noche se hizo cálida. Saqué una bolsa de malvaviscos, los asé uno por uno y los comí todavía en llamas. Recordé a Mark con una ramita en la mano, viendo como un malvavisco se quemaba ante sus ojos. Fue un recuerdo feliz. Sentí deseos de dormir al aire libre, así que saqué el sleeping bag y me recosté junto a las llamas.

Me quedé viendo el fuego por unos minutos más, las lenguas de fuego que danzaban en la noche. Me pareció ver que alas de mariposa emergían para luego desvanecerse en el humo que ascendía hacia la bóveda celeste.

8

-¡Despierta!

Al abrir los ojos vi innumerables estrellas fugaces surcando el cielo renegrido. Era todavía de madrugada, pero algo en el ambiente presagiaba el fin de la oscuridad. Un par de veces en mi vida había contemplado el amanecer. En ambas ocasiones me había sido imposible definir el momento en que el sol se asoma y disipa las tinieblas. El proceso es tan lento y continuo que simplemente amanece, de forma imperceptible. Pero esta vez vi cómo el primer rayo de sol se asomaba en el infinito, iluminando paulatinamente el firmamento.

Tan distraído estaba con aquel espectáculo, que no había notado que me hallaba en medio de un desierto. El niño estaba de pie a mi lado.

-Vaya que eres lento para despertar –dijo.

-Lo siento –repliqué.

-Bah, no importa. Vamos a jugar otro juego.

-Ya va, cuál es.

Los anteriores juegos fueron extraños viajes, surreales, que sin embargo me revelaron facetas de la existencia sobre las que jamás había reflexionado. Así que sentía una gran expectativa acerca de en qué consistiría este nuevo juego.

-¡Vamos a ser fuego!

-¡Qué!

-Sí, vamos a encarnarnos en el fuego.

-Oh, sí, al final todo es metafórico, ¿no?

-Ya lo verás.

El desierto se perdía en todas direcciones. No había más que granos de arena y el sol que brillaba a lo lejos.

-¿De dónde sacaremos leña y combustible? –pregunté.

-¿En serio eso es lo que te inquieta? –dijo el niño, riendo.

Acto seguido juntó un poco de arena, y sopló con fuerza, como si estuviera apagando las velas de un pastel de cumpleaños. El polvo se encendió mágicamente.

-Listo –dijo-, y ahora ven, ponte de pie sobre las llamas.

Levanté las cejas.

-Mejor hazlo tú primero -rezongué.

-Eres un gallina.

El niño se situó sobre las llamas. Me miró a los ojos y sonrió. Poco a poco el fuego lo fue consumiendo hasta que todo él era una llama viva.

-Ven, deja tus miedos y dame la mano.

De niño me había quemado un par de veces los dedos, y el recuerdo no era nada agradable. Sin embargo, estiré mi mano tímidamente. El fuego no quemó mi mano, pero empezó a envolverla. Maravillado, me fui convirtiendo en una hoguera.

-¡Bien! Ahora podremos ver el rostro de los hombres con nuestra luz en sus pupilas.

No entendí a qué se refería, pero al instante nos encontramos en un lugar distinto, al interior de una cueva. Entonces vislumbré los rostros de aquellos humanos prehistóricos, absortos, calentándose alrededor de la fogata. Era una familia pequeña, de gente desaliñada. Había un viejo tendido en el suelo de tierra. El viejo moría, y los demás lo consolaban sin decir palabra. Estaban allí en silencio, mientras la vida se le escapaba. Finalmente, emitió su último aliento, el estertor. Se abrazaron a él. Lloraron. Pude ver el fuego en sus corazones. La noche siguió entre sollozos y poco a poco la luz se fue apagando.

-Vamos –dijo el niño. Y nos desvanecimos como cenizas en el viento.

Después me vi al interior de una chimenea. Una pareja desnuda retozaba sobre un tapete, al calor de las llamas. Eran dos amantes jóvenes. Pude ver el fuego en sus ojos que era una flama de amor encendido. Mientras se hacían, sentían que uno pertenecía al otro y que ya nada podría separarlos. Era una sensación dulce y dolorosa, que les quemaba las entrañas. Esa chispa, ese fuego habría de extinguirse mucho después, al caer el alba.

Pensé en el cuerpo de Tanya, en el sabor del cuerpo de Tanya y en cómo ardía mi piel cuando estaba dentro de ella. La voz del niño me sacó de mis pensamientos.

-Ven, hay muchos fuegos que visitar.

Al poco tiempo estaba al interior de una lámpara. Un hombre joven me llevaba con sus manos, para que mi luz alumbrase el interior de una casa vieja. El hombre caminó por la casa, subió las escaleras y entró en una habitación. Allí había una cama junto a una pequeña ventana por la que entraba la luz de la luna. Se escuchaba una respiración suave, como la de un ratón. Al acercarse, el hombre miró a la niña que dormía sobre el lecho y acarició sus rizos dorados. Sus ojos se iluminaron de ternura. Así estuvo un rato, contemplando aquella niña que dormía como un ángel, y conforme la luna se alejaba, la luz de la lámpara se difuminaba lentamente.

-¿Es su hija? –le pregunté al niño.

-Seguramente –me respondió.

El hombre miró hacia la lámpara, como si hubiera escuchado nuestras voces entre la crepitación del fuego. Luego volvió su mirada hacia la niña. Se quedó contemplándola con una dolorosa sonrisa en el rostro. La noche era clara. Adiviné el miedo en el dibujo de sus facciones reveladas por la luz de la luna. Yo conocía ese miedo. El miedo a la muerte cuando has tenido entre tus brazos al ser más inocente y puro.

-He, te estás poniendo triste, mejor vamos a otro lugar.

Apareció ante mis ojos un hombre con una antorcha en la mano que corría al interior de un castillo. Se escuchaban pasos y gritos que lo seguían. El hombre llegó a una recóndita puerta de madera, y la golpeó con sus nudillos primero tres, luego dos, luego cuatro veces. Le abrió una mujer joven con un bebé entre sus brazos. "Debes huir", le dijo él, "ya no podemos detenerlos". "Ven con nosotros", le suplicó la mujer. "No, la única forma es distraerlos para que puedas escapar". "No quiero ir sin ti". "Si te quedas moriremos los tres aquí". "Que así sea entonces". Se abrazaron. Los gritos y las pisadas pronto se hicieron más cercanos y se mezclaron con el ruido de las espadas que tiñeron de sangre la noche, mientras la antorcha refulgía en el suelo.

-¡Qué terrible! –murmuré.

-Sí, pero hermoso a la vez –replicó el niño.

Luego nos encendimos en la vela de una habitación grande, hecha de madera. Por los cristales de la ventana se veían caer infinitos copos de nieve. Al interior había unas siete camas, todas ellas ocupadas por gente que tosía. Una mujer joven, vestida de monja, entró con una bandeja en la que llevaba trapos y una jarra metálica con agua en su interior. La monja limpió los cuerpos sudorosos de los enfermos, les cambió los tendidos y las batas, recogió sus miserias depositadas en bacinillas. Al rato regresó y les dio de comer, a los que pudieron, y a los que no les puso agua en sus labios con una esponja. A los que tenían más fiebre, a los que un hielo hirviente les hacía tiritar de escalofríos, les ponía un paño con agua en la frente para bajarles la temperatura. Más tarde sacó un libro y les leyó.

-Es el Evangelio –le dije al niño.

-Efectivamente, son las palabras de Jesús.

Nos quedamos escuchando un rato, mientras los enfermos encontraban consuelo en su agonía. Cuando la mayoría de ellos se quedaron dormidos, la monja sopló la vela que habitábamos.

Muchos otros viajes de fuego realizamos, incontables, viendo el quehacer de los hombres. Y al caer de nuevo la noche regresamos al desierto.

-¿De qué trataba este juego? –le pregunté al niño.

-Creo que lo sabes.

-De las emociones humanas.

-Sí, pero hay una de ellas, una, que es la más noble entre todas.

-El amor.

-Sí, así es.

-¿Entonces venimos a amar?

-Sí, pero no simplemente a amar. Todavía hay algo más. ¿Qué viste mientras eras fuego?

-Vaya, no lo sé… Tal vez una forma particular del amor. No una forma egoísta de amar, sino esa forma que es entrega y sacrificio.

-Bien, el amor no es sólo fuego en la piel y el corazón, es también un darse a los otros, un ser en el otro. El amor es servicio. No es renuncia, es entrega, son dos cosas diferentes.

-Entonces venimos a este mundo a estar con los otros, y amar, a la manera de Jesús.

-Sí, si no vives para los demás no creo que tenga mucho sentido vivir.

La hoguera se fue apagando delicadamente, y de nuevo empecé a sentirme cansado.

-Duerme, cierra tus ojos, es hora de descansar —pronunció el niño.

9

Querido Mark:

Hace un tiempo recibí una carta tuya. Desde entonces dediqué mis días y mis noches a honrar la petición que me hiciste de cuidar de Tanya y Annie, y también a dilucidar las razones que te motivaron a irte de este mundo.

Como ya has de saber, ninguna de estas cosas hice bien. Peor aún, en el camino perdí el rumbo. He de admitir, sin embargo, para que no parezca que culpo a otros, que mi vida jamás tuvo rumbo alguno. Era una especie de ramita sin voluntad arrastrada por la corriente de un río poderoso. Y ese río eras tú.

Como la luz que hipnotiza a los insectos en la noche.

Sí, con el tiempo me he dado cuenta de que siempre viví a tu sombra. Que nunca fui yo, que trasegué tu camino y no el mío. Y eso es porque en el fondo no deseaba encontrarme conmigo mismo. Verme a los ojos y decirme la verdad. Y esa verdad es que nunca me atreví a ser yo mismo, a perseguir mi propio destino.

Tal vez tu historia personal, tan llena de dificultades, que afrontaste con estoicismo y valor, me hacía sentir pequeño. Este complejo que ahora confieso, desde luego, no eclipsa en absoluto el amor y respeto que siempre sentí por ti como hermano. Es un problema conmigo mismo, y que he descubierto, ahora que ya no quedan más piedras debajo de las cuales esconderme.

He quedado solo, al fin, expuesto sin máscara frente al espejo. Sin más excusas por haber vivido la vida de otro, de haber convertido mi vida en una pantomima, que mi propia cobardía y falta de amor propio.

Ahora puedo ver que fue un error. Que fui una carga para ti. Estabas dañado, herido, sangrando el dolor del mundo, rengueabas y aun así me llevabas sobre tus hombros. Te pido perdón por eso.

Sabes algo, Mark, en realidad nunca me apasionó el rock como a ti. La razón por la que lo escuchaba era el vínculo que creaba entre los dos. No me malinterpretes, hay cosas que me gustan, ya sabes, Zeppelin,

Nirvana, los Stones y muchos más… Pero no al punto de convertirlo en una religión.

Sólo una cosa quiero hacer antes abandonar la música definitivamente: voy a escribir esa canción de la que hablaste sobre el sentido de la vida. Tal vez sea una balada sentimental, de esas que tanto te gustaban. Y sí, la grabaré con Michael y George. Así tiene que ser. Sé que donde quiera que estés no les guardas rencor.

Tal vez el resultado sea un largo poema, tal vez una obra de teatro, una novela o un ensayo, con un lindo fondo musical.

Espero que me ayudes con la inspiración.

Andrew.

-Adiós, Andrew, es hora de que despiertes y regreses.

-¿Marcharme? ¿Acaso no hay más juegos?

-Hay muchos juegos. Pero deberá jugarlos tú solo.

-No, no quiero marcharme, no me abandones tú también.

-No puedo abandonarte. Soy tú, ¿recuerdas?

-No es lo mismo. Serás como un muerto, algo que ya no existe. ¿Por qué la muerte arrasa todo?

-¿De qué hablas? No es la muerte. Es el tiempo y el cambio, ya te dije. ¿Por qué los adultos culpan siempre a la muerte? Se equivocan. La muerte es indulgente. No sabes cuántas cosas debieron ocurrir en este universo para que despertases de la muerte y estés aquí y ahora. Todos los hechos del mundo, desde el principio de los tiempos, nada más que eso. ¿Te imaginas? No sabes cuántas veces, al doblar la esquina, una bala perdida esperaba por tus antepasados, pero la muerte dijo "no, aún no". Sólo para que tuvieras la oportunidad de vivir.

-Pero no quiero volver, no quiero perderte de nuevo.

-Vamos, sé valiente, todavía debes encontrarte a ti mismo y cumplir con tu destino. Yo estaré contigo hasta el final.

Al volver a casa, recordé la vez que encontré a Mark inconsciente sobre la alfombra. Esto fue después de la grabación de nuestro primer disco. Había pastillas de Valium regadas en el suelo. Alarmado, llamé una ambulancia. Mientras esperaba, puse su cabeza sobre mis piernas y observaba su respiración.

Cuando llegó la ambulancia lo montaron sobre una camilla y le tomaron los signos vitales. Subí con él y le sostuve la mano todo el tiempo. En pocos minutos llegamos a la clínica, pero de un momento a otro perdió el pulso. Lo reanimaron allí mismo, con una inyección de adrenalina y el desfibrilador. Se despertó de un salto y tomó una gran bocanada de aire.

Más tarde, en la habitación, me miró a los ojos, sonriendo.

-Estuviste muerto, Mark, tuvieron que resucitarte. Ya puedes añadir eso a tu prontuario.

-Sí, sólo me falta caminar sobre las aguas.

-Ya, en serio, ¿por qué lo hiciste?

-Oh, no, sólo quería dormir un poco.

-Casi te matas, debes tener más cuidado –le reprendí.

-¿Qué habrías hecho sin mí, hermanito? –dijo Mark, sonriendo.

-No lo sé –le respondí sinceramente.

Pero ahora tenía otra respuesta para él: vivir. Sí. Hay cosas que simplemente tienes que vivir. Así que no debes lamentarte.

Dejé las cosas en el piso. Estaba cubierto de mugre de la montaña. Tomé un baño caliente y me vestí. Sentí deseos de comer algo decente y hablar con alguien. Saqué mi teléfono del bolsillo y marqué un número. El teléfono repicó tres veces y luego alguien contestó del otro lado.

-¿Hola? –dijo la voz de Laura.

-Hola, es Andrew, ¿cómo estás? Hace tiempo que no hablamos. Estoy muerto de hambre y me preguntaba si me acompañarías a comer.

Reuní a los chicos y les dije que había encontrado la letra entre un libro de Milan Kundera, de esos que le gustaban tanto a Mark.

Michael llamó a la disquera y les contó la historia. Como ahora vendían las canciones en Internet a los nostálgicos seguidores de bandas retro, y les gustaban las historias porque ayudaban con el marketing, decidieron ofrecernos 2.000 dólares para grabar la canción.

Contactamos a Zeus, el único productor que pudo manejar a Mark y su ego, y aceptó el dinero "por los buenos tiempos".

Como la canción no tenía música, nos reunimos para explorar melodías. Les propuse tomar como base un riff de guitarra que había encontrado entre las grabaciones que dejó Mark. Era realmente bueno y los chicos aceptaron.

Michael adaptó la letra y en un par de semanas la canción estuvo lista.

Ya en el estudio, trabajamos con Zeus en la maqueta. "No es gran cosa", dijo, encogiéndose de hombros, "pero he producido cosas peores".

Esa noche, al llegar a casa, dejé que Laura escuchara la maqueta.

-¡Suena bien! –dijo-, ¿quién va a interpretar la voz?

Me quedé mudo. No había pensado en ello. Michael había cantado las estrofas y juntos los coros.

Les planteé el problema a los chicos. Tal vez deberíamos buscar un vocalista reconocido. Sin embargo, Zeus dijo que también funcionaría si alguno de nosotros hacía la voz líder. Decidimos que nos alternaríamos en estrofas. ¿Qué importaba? No lo hacíamos para hacernos más famosos.

Grabamos al tiempo los instrumentos, cosa que no le agradó a Zeus. Luego grabamos encima las voces. Al terminar, fuimos a tomar cerveza y nos reímos con anécdotas de nuestras giras, e incluso con el golpe que Mark le propinó a Michael.

Como la posproducción de un tema puede tomar varios días, invité a Laura a la playa. Nos quedamos en un hotel con vista al mar, desde el que se veían las gaviotas flotar en el viento. De día pasábamos el tiempo junto a la piscina, y en la tarde bajábamos a la playa, donde la gente encendía fogatas y alguien cantaba una canción.

La noche antes de volver, encontré sobre la arena una hermosa piedra en forma de fósil. "Qué haces aquí", le dije, y la arrojé con fuerza al mar.

Zeus nos envió la canción por correo electrónico. Había incorporado algunos arreglos y efectos de sonido. El resultado final era bastante mejor de lo que tenía en mi cabeza. Es el arte de los productores. Tomar algo y darle un rumbo musical inesperado.

Enviamos el tema a la disquera, y lo subieron a las redes sociales y a Spotify.

La respuesta fue tímida al principio, pero en los días siguientes tuvo varios miles de descargas y *likes*. Un par de canales de YouTube se contactaron con nosotros y nos entrevistaron. Desde luego, la mayoría de las preguntas estuvieron relacionadas con el suicidio de Mark y las rencillas de la banda, pero también sobre la canción. Esta publicidad hizo que nos invitaran a un par de festivales de bandas y a conciertos privados en bares en diferentes partes del país. Así que por un año anduvimos para un lado y para otro como antes. Yo sentía que Mark estaba entre nosotros.

Unos meses después ya el ruido se había apagado y debimos separarnos de nuevo.

-¿Qué vas a hacer? –preguntó George.

-Me voy a estudiar fuera del país. Voy con Laura. Ella va a hacer un posgrado y decidí acompañarla.

-¿Qué bien? ¿Y vas a estudiar algo relacionado con la música?

-No, nada que ver. Voy a estudiar filosofía.

George y Michael soltaron una carcajada.

-Por Andrew, el filósofo –dijo Michael.

-Salud –dijo George.

Y desde entonces no los he vuelto a ver.

A veces escucho la canción, La Balada del Sentido de La Vida, y pienso que Mark pudo escribirla mejor. Luego reflexiono y pienso que no, no lo habría hecho mejor, porque era demasiado honesto como para escribir algo sobre lo cual las palabras del diccionario no son suficientes.

Así que, ¿cuál es el sentido de la vida?

¿Qué hemos de responder si la incógnita más desafiante a la que se enfrenta todo ser humano es nuestra propia existencia?

¿Seremos como la roca, cuyo propósito es simplemente existir?

¿O como el viento, que recorre el mundo para contemplarlo, y somos la forma en que el universo tiene de conocerse a sí mismo, como diría Carl Sagan?

¿O como el fuego, esa llama en el corazón de los hombres? ¿Estamos aquí para amar al prójimo, a la manera de Jesús?

O tal vez el sentido es simplemente un espejismo, un invento humano, y nada tiene un propósito, como dirían los existencialistas.

¿Qué ocurre con aquellas personas que nacen con un don, como Mozart o Mark? Los prodigios, me refiero, ¿acaso nacen para compartir su don con el mundo?

¿Tienen razón aquellos quienes creen que nacieron para cumplir una misión ignota, como si su destino estuviera signado desde antes de nacer?

Otros, acaso los más cínicos y mundanos, encuentran sentido en la grandeza, la fama o la fortuna. Y con eso les basta. ¿Cómo juzgarlos, cuando no hay respuestas absolutas?

Un señor muy nihilista, de apellido Heidegger, lanzó alguna vez esta frase lapidaria en su libro, *Ser y Tiempo*: "El Ser para la Muerte". Es decir, que somos arrojados al mundo para morir después. La muerte es nuestro destino y ese destino es lo que llena nuestra vida de sentido.

Las grandes mitologías, por otra parte, afirman que la vida es un estado transitorio, y su propósito es sortear una especie de prueba moral, que nos conducirá finalmente al paraíso o al nirvana si hacemos las cosas correctamente. (Como en los juegos de video, en los que tienes que superar un nivel para pasar al siguiente).

Podemos también ignorar la pregunta, caminar con los ojos cerrados. Admitir que la existencia es un misterio y por ello hemos vivir de la manera que el mundo nos impone.

¿Cuál es, entonces, la respuesta a la pregunta sobre el sentido de la vida?

No lo sé.

Lo único que sé es que la respuesta anida en cada uno de nosotros. Y sólo nos resta transitar por la existencia hasta encontrarla, en medio del caos y la incertidumbre. Y será nuestra decisión asumirla como verdadera y vivir bajo su luz hasta el final de nuestros días.

Estaba oculto, el sentido
A los ciegos, de gélido corazón
Desesperados, lo buscaban
En asuntos cotidianos
En los asuntos mundanos
En los libros, en los sabios
En las cumbres de los edificios
Tan altos y desolados
Y muy lejos del mundo, también
En lo profundo de los mares
Lo buscaban
En las calles, ríos y montañas
Y el sentido se escondía
Bromista, divertido
Envuelto en velos vanos
Tan sólo a unos pasos
Hasta que un día
La muerte los colmaba
¿Dónde estabas?
Con rabia negra preguntaron
En la brisa
Les dijo el sentido
Pero allí no te veía
Entonces en el agua
Pero allí tampoco estabas
En la sangre y en tus manos
¡No nos mientas!
Le dijeron
¿No ves que estamos muertos?
Y sombríos, se marcharon
Y cuando estuvo solo
El sentido
Levantó su voz y dijo
En la vida estaba
Pero sólo puede verme
Quien está realmente vivo

FIN

LA BALADA DEL SENTIDO DE LA VIDA

Escrita por: Andrés Moscoso

Twitter: @andremos

Email: andresmoscosom@gmail.com